AF459283

1914

Août-Septembre

« C'est la cendre des morts qui créa la patrie. »

LAMARTINE.

H. RENONAS

1914

AOUT = SEPTEMBRE

Chants de Guerre

Nolite oblivisci.

DORBON-AINÉ

19, BOULEVARD HAUSSMANN, 19

PARIS

Puisque mon bras trop vieux ne peut plus être mis
A ton service, ô ma patrie,
Je veux te consacrer, en retraité soumis,
Ma pensée et ma rêverie.

PRÉSAGES

Des affaires j'ai fui le tracas, le souci.
Devant moi c'est la mer sans bornes. Me voici
Aux extrêmes confins du monde.
La terre ne m'est rien. Je lui tourne le dos,
Et sur le roc assis, désireux de repos,
Je laisse à mes pieds jouer l'onde.

Je vois vagabonder les nuages géants,
Seaux d'eau tirés au puits profond des Océans,
Fécond breuvage de la terre,
Et comme eux ballotté, dans l'infini perdu,
Au caprice des vents mon esprit suspendu
Flotte rêveur et solitaire.

De la côte, qui sert de margelle à ce puits,
Verrai-je prendre corps aux vapeurs que je suis,
Capricieuses évadées?...
Il n'y faut pas prétendre. Autant pour moi vaudrait
Chercher à pénétrer l'insondable secret
De l'origine des idées.

On dit que goutte à goutte irrésistiblement
L'eau se volatilise et monte au firmament,
Qu'un atome crochu rencontre
Sous mon crâne un atome errant non moins crochu.
Et bien ! l'atome ainsi dans ma cervelle chu,
L'aile de l'eau, qu'on me les montre !

Venue on ne sait d'où, l'idée en l'air mouvant
Se dissipe, tandis que le nuage au vent
Balance sa vie éphémère.
Mais tourmenté moi-même et mobile comme eux
J'en veux du coin de terre étroit où je me meus
Poursuivre un moment la chimère.

S'escaladant l'un l'autre en forme de glaciers
Ou tombant en rideaux aux plis irradiés,
Ces flocons soyeux qu'accompagne
La pensée aux pays des songes abusés
Sont moins qu'elle trompeurs, et mes rêves osés
Ne sont que châteaux en Espagne.

Tantôt un blanc cirrus qui dans le ciel changeant
Laisse trainer sa robe à filaments d'argent,
Tantôt la nue embarrassée
De pesants cumulus à l'aspect menaçant,
Que le déclin du jour viendra teindre de sang,
Sont aux couleurs de ma pensée.

Tels ces brouillards ténus à mes regards offerts,
Coursiers échevelés fendant les cieux déserts,
Qui se résolvent en buée,
Telle se précipite et heurte en mon cerveau
Des souvenirs d'antan et d'un état nouveau
L'impalpable et vaine nuée.

Ou bien c'est succédant à mon rêve écroulé
Un sentiment craintif dans mon ciel pommelé,
Dont l'objet change et se déplace
Aussi subitement que le nuage ambré
Qui balance sa taille au zénith azuré
Fuit devant le nimbus de glace.

Que si je m'abandonne aux rêves ravissants,
Aux fraîches visions, aussitôt je me sens
Assailli de sombres images.
Puis, déchirant soudain l'espace lourd et l'air,
La lueur fugitive et fauve d'un éclair
Fait briller de nouveaux mirages.

Citadin maladif, mon esprit fatigué
Va de l'idée amère ou triste au penser gai.
Un souci vague m'importune,
Que de furtifs espoirs ne sauraient apaiser.
Mais est-il quelque endroit sur terre où se poser,
Papillon, sans pensée aucune ?

Ces gros nuages noirs qui pèsent lourdement
Au ciel douteux me sont comme un pressentiment
Parfois d'un danger qui s'amasse.
L'instant d'après, ô joie ! un velouté flocon
De neige, prometteur comme un soyeux cocon,
Victorieusement les chasse...

Pourtant ils n'avaient plus leur cours aventureux,
Leur joli flottement vague et des jours heureux
L'allure et la marche tranquille.
Sombres ils volaient bas, leurs hordes s'avançaient
Comme si d'une foudre impie ils menaçaient
Des nations la paix fragile.

31 juillet.

TRIOLETS

LE PREMIER JOUR DE LA MOBILISATION

Un souffle d'union sur la France a passé,
Fait du frisson qui vibre au cœur de la patrie.
Dès que tantôt le cri de guerre fut poussé
Un souffle d'union sur la France a passé.

D'un unanime élan le pays s'est dressé.
Des disputes d'antan si la source est tarie
Parce qu'un beau frisson sur la France a passé,
Prusse, du fond du cœur merci pour la patrie.

LA RÉQUISITION DES CHEVAUX

Le sol tremble... Est-ce un bruit de sabres dégaînés
Préludant au concert prochain de la mitraille ?
Sous le pas des chevaux réquisitionnés
Le sol tremble... A bientôt les sabres dégaînés !

Le choc des lourds sabots sur les routes traînés
Rend un continuel et mat son de ferraille.
Le sol impatient des sabres dégaînés
Se prépare au concert prochain de la mitraille.

L'ARRIVÉE DES MOBILISÉS

Tous les chemins de fer sont militarisés
Et la vie ordinaire est partout suspendue.
Les trains versent des flots d'hommes mobilisés.
Tous les chemins de fer sont militarisés.

Et se mêlent en foule aux citadins aisés
Les paysans ravis à leur moisson perdue.
Tous les chemins de fer sont militarisés
Et la vie ordinaire est partout suspendue.

TOUJOURS L'ARRIVÉE

Quatre longs jours ainsi roule un bétail humain,
De la gare gagnant la caserne jalouse,
D'où ne sortiront plus que des soldats demain.
Durant quatre longs jours roule un bétail humain

Sur les quais, dans la rue ; et, baluchon en main,
La veste et la soutane y côtoyant la blouse,
Quatre longs jours ainsi roule un bétail humain
De la gare gagnant la caserne jalouse.

LE DRAPEAU

A l'appel des tambours et des clairons fumants
Se presse un peuple ému sur la place publique.
L'enthousiasme éclate en applaudissements
Aux reprises d'appel des nobles instruments.

Puis les colonels font remise aux régiments
Des drapeaux où s'inscrit mainte victoire épique,
Et clairons et tambours sonnent, battent aux champs,
Ponctués de hurrahs, sur la place publique.

LES PRIÈRES PUBLIQUES

Le temple est encombré de femmes à genoux
Demandant au Très-Haut le succès de nos armes :
« Dieu des combats, soyez dans la lutte avec nous »,
Clament devant l'autel les femmes à genoux.

Qui d'entre elles n'a pas à la guerre un époux,
Un fils, un frère, objet de ses propres alarmes ?
Mais priant en commun les femmes à genoux
Demandent avant tout le succès de nos armes.

LA CROIX ROUGE

Un cours s'ouvre. On enseigne à panser les blessés
Aux filles d'ouvriers comme aux dames du monde,
Car les doigts roturiers de toile embarrassés
Feront de nobles mains à soigner les blessés.

Et de là gravement toutes à pas pressés
Se rendent à l'ouvroir que la Croix Rouge fonde,
Pour préparer le linge utile à nos blessés.
Le peuple est à l'honneur comme les gens du monde.

LA CHASSE AUX NOUVELLES

Plus de correspondance et manque de journaux.
On cause entre inconnus en quête de nouvelles,
Heureux si l'on obtient par bribes des ragots !
Car on n'a de Paris ni lettres ni journaux.

On court à la mairie, on colporte des mots
Surpris aux soi-disant notes officielles.
Mais sans correspondance et faute de journaux
Dans l'attente fiévreuse on reste sans nouvelles.

LE DÉPART

Dès à présent vers l'Est s'ébranlent des convois
D'hommes disciplinés vomis par la caserne,
Cœurs vaillants en qui bout un même sang gaulois.
Dès à présent vers l'Est s'ébranlent des convois.

Les enfants, les vieillards acclament à la fois
La troupe et l'officier en chef qui la gouverne,
Au moment où vers l'Est s'ébranlent des convois
De soldats valeureux vomis par la caserne.

LE DÉFILÉ

Les balcons pavoisés leur ont jeté des fleurs
Tandis qu'ils défilaient au bruit de la fanfare,
Si bien que quand ce fut le tour des trois couleurs
Les balcons leur avaient fait comme un pont de fleurs.

La population, en refoulant ses pleurs,
Les a résolument conduits jusqu'à la gare,
Désertant les balcons qui leur jetaient des fleurs
Tandis qu'ils défilaient au bruit de la fanfare.

L'EMBARQUEMENT

Voitures à couloir, wagons à bestiaux
Accueillent à l'envi toute notre espérance
Et prennent de ce coup rang de chars triomphaux,
Ceux de troisième classe et ceux à bestiaux.

Là-dedans pêle-mêle en compagnons loyaux
S'entassent paysans et châtelains de France,
Voitures à couloir, wagons à bestiaux
Accueillant à l'envi toute notre espérance.

LE BON ORDRE

Dans un ordre parfait a lieu l'embarquement
Des chevaux dételés et des lourdes voitures
Sur le quai le plus proche en ce même moment.
Dans un ordre parfait a lieu l'embarquement.

Et les deux trains bondés s'ébranlent brusquement
Aux vivats de la foule enfreignant les clôtures.
Toutefois en bon ordre eut lieu l'embarquement
Des hommes, des chevaux et des lourdes voitures.

BARBARIE

Sans déclaration de guerre et sans motifs,
Barbares, ce sont là vos premières victimes :
Un président de cercle, un prêtre inoffensifs (1)
Fusillés en Alsace, et cela sans motifs.

Ensuite deux enfants de quinze ans faits captifs (2)
— Combien aura d'anneaux la chaîne de vos crimes? —
De même fusillés sur l'heure sans motifs,
Des barbares voilà les secondes victimes.

NOS BLESSÉS

Comme un chasseur saisit le perdreau désailé
Et tord le cou douillet, qui tiède encor halête,
Par eux est égorgé tout Français mutilé.
Comme par un chasseur un perdreau désailé

(1) Alexis Samain, ancien président du « Souvenir français » à Metz, et le curé de Moyenvi (Officiel, *Bulletin des Communes* du 4 août). Pour le premier il n'a jamais été donné de motif particulier à ce meurtre. Pour le second les Allemands ont allégué tantôt qu'il avait fait sonner le tocsin afin de faire connaître leur arrivée aux Français, tantôt qu'il s'était refusé à les renseigner.

(2) Ces enfants avaient couru prévenir les autorités françaises de la mise en marche des Allemands, la guerre n'étant pas encore déclarée (Officiel, 6 août, tous les journaux).

Dans Blamont un soldat à terre est immolé,
A bout portant tué d'une balle à la tête (1).
Comme sur le talon un perdreau désailé
Est achevé par eux le blessé qui halète.

DOUCES MŒURS

Pour ce faire on s'était mis à l'entraînement
En Prusse en aiguisant son sabre au seuil des portes,
Aux bornes du chemin bien ostensiblement.
On s'était ces jours-ci mis à l'entraînement.

Qu'on le reconnaît bien à ce détail charmant
Le peuple qui s'attarde à ces coutumes mortes
Par bravade en public et pour entraînement
Affecte d'aiguiser son sabre au seuil des portes !

LE DRAPEAU BLANC

Le coup du drapeau blanc est bien un peu vieux jeu.
Nous l'avons vu fleurir en soixante-dix, certe !

(1) C'était à Blamont (Meurthe-et-Moselle) un sous-officier dont les journaux n'ont pas donné le nom ; on n'est jamais revenu là-dessus tant le fait est devenu commun par la suite de la part des Allemands. (Officiel, *Liberté* du 5 août notamment.)

C'est simple : on le déploie... à cent pas on fait feu (1).
Trouvez-vous pas le coup du drapeau blanc vieux jeu ?

— Et non ! quel inventeur lâcherait pour si peu,
Quand elle a du succès, sa vieille découverte ?
Or le coup du drapeau blanc n'est pas si vieux jeu
Qu'il ne leur serve encor dans cette guerre, certe !

LE WAGON-SALON DE M. DE SCHŒN

De leur ambassadeur ils gardent le wagon (2).
C'est de leurs procédés mesquins et ridicules.
Occupe et salis-le, bon Guillaume-Harpagon !
De ton ambassadeur conserve le wagon,

Pour que bientôt réduit à l'état de fourgon
Il serve à ramener en France nos pendules (3).
Sordides Allemands, gardez notre wagon ;
Montrez-vous jusque-là vilains et ridicules.

(1) Le procédé a été couramment employé en Belgique par les Allemands au début de la guerre. (Voir entre autres journaux *L'Éclair* du 10 août.)

(2) Officiel. Dépêche de M. Jules Cambon, notre ambassadeur à Berlin, au Ministère des Affaires étrangères.

(3) La nouvelle génération elle-même sait la prodigieuse rafle de pendules que firent les Prussiens de 1870 en France. Cet article paraît avoir primé tous les autres objets d'ameublement dans l'ordre de leurs préférences.

VANDALES

Guillaume n'a pas tort de s'inscrire au Gotha
— Le titre lui convient — comme roi des Vandales (1)!
Il l'est. L'ambassadeur que Berlin molesta
Lui crée un droit certain à ce titre au Gotha.

Qu'espérait-il de plus quand il exécuta
Dix-sept Alsaciens ou le maire de Saales (2) ?
Oui, Guillaume a raison de s'inscrire au Gotha
— Le titre lui sied bien — comme roi des Vandales.

VENGEANCE

Mais le sang des martyrs suscite des vengeurs.
Aux plis de nos drapeaux c'est la Victoire ailée
Qui s'avance au-devant des fauves égorgeurs.
— Et la traîtrise aussi suscite des vengeurs :

Tels les Anglais loyaux — corsaires ravageurs —
De la neutralité des Belges violée

(1) Exactement le *Gotha* porte « Duc des Wendes ».

(2) Ces dix-sept Alsaciens étaient coupables d'avoir tenté d'entrer en France avant la déclaration de guerre ! — M. Thiriet, maire de Saales (Alsace) et conseiller d'arrondissement. (Officiel, journaux du 7 août). — Au sujet de l'outrage fait à l'ambassadeur de Russie à Berlin voir dépêche de Saint-Pétersbourg du 5 août.

Se proclament sur terre et sur mer les vengeurs
Et suivront nos drapeaux dans la proche mêlée.

AU BAN DE L'EUROPE

Au nombre des pays levés en ce mois d'août
Prêts à te vendre cher le meilleur de leur sève,
A tant d'engagements arrivant de partout
Avec la même haine au cœur en ce mois d'août,

Allemagne d'orgueil, pèse enfin le dégoût
Et mesure l'horreur que ta race soulève.
L'Europe contre toi se dresse en ce mois d'août
Prête à te vendre cher le meilleur de sa sève.

2 à 9 août.

PRÉLUDE

Mais c'est assez chanter des couplets à refrain.
Il est temps d'emboucher la trompette d'airain,
Ma muse, et d'accorder tes accents et la lyre
Que tu m'as confiée au ton grave de l'ire.
Laissons-là des Teutons les propos outrageants,
Les violations même du droit des gens (1).
Renonçons à narrer leurs lâchetés, leurs crimes,
Le sang pur dont l'appel hurle au fond des abîmes
Et d'une nation sans foi les impudeurs.
Qu'elle impose rançon à nos ambassadeurs (2),
Outrage en pleine paix la dernière tzarine (3),
C'est courante monnaie et d'une humeur chagrine

(1) Les neutralités du Luxembourg et de la Belgique violées (*Bulletin des Communes* du 4 août) ; les meurtres de civils, incendies de villages, déguisements déloyaux, drapeaux de l'adversaire arborés pour s'en approcher, mutilations et achèvement des blessés, etc.

(2) M. Jules Cambon, notre ambassadeur, rançonné de 3611 marks pour pouvoir gagner *par ses propres moyens*, et non pas même directement, la frontière de France (Officiel. Dépêche de M. J. Cambon déjà citée).

(3) L'impératrice douairière retenue et en butte à toutes sortes de vexations en Allemagne dès fin juillet. — Il en fut de

Le naturel ébat. Pour ces inconscients
L'injure et les affronts ne sont qu'expédients,
Les crachats à la face (1) et le meurtre des filles (2)
Qu'amusements badins, innocentes vétilles,
Menus délassements avant d'aller au feu.
Nous en verrons encor bien d'autres d'ici peu.
Laissons-les arborer sur leurs aéroplanes (3)
Nos trois chères couleurs; ne cherchons point chicanes
A des déguisements sous quoi des spadassins
Sont entrés pour remplir leur rôle d'assassins
Dans les appartements du gouverneur de Liège (4),
L'héroïque cité dont nous dirons le siège.
Passons, haussons la voix. Au-devant des Teutons
Courons à la frontière, et sans tarder chantons
Comment par la valeur loyale sont vengées
L'injustice et l'insulte en batailles rangées.

9 août.

même du grand duc Constantin sur une autre partie du territoire allemand, ce qui semble établir que l'ordre d'user de pareils traitements venait de haut lieu.

(1) Il a été craché au visage et donné des coups de canne aux femmes de l'ambassade de Russie lors de leur départ de Berlin (*Bulletin des Communes* du 9 août).

(2) Une jeune fille fut fusillée près de Liège sous prétexte qu'elle était porteuse d'un revolver. — Mais depuis il en a été tué bien d'autres.

(3 et 4) *Bulletin des Communes* du 9 août. — Autre cas de déguisement : 4 officiers allemands en uniforme belge sont arrêtés à Anvers (*Eclair* du 10 août).

LA JOURNÉE DU 4 AOUT

Par les temps orageux Phébus se dissimule
Sous l'obscure nuée en un long crépuscule ;
La nuit au sombre voile a peine à s'achever ;
Mais quand même le jour finit par se lever.
Le quatre août eut sa Nuit dans l'immortelle année.
Il attendait du ciel éclairci sa Journée —
La journée historique où, pareille aux aïeux,
La Chambre se haussa dans un élan pieux.
Il ne s'agissait plus ici de privilège ;
C'est l'esprit de parti néfaste et sacrilège
Sur l'autel du pays qu'elle allait immoler...

La séance fut brève. On n'entendit parler
Que les deux présidents. « Il n'est plus d'adversaires,
Il n'est que des Français » au pays nécessaires.
Ayant tout supporté quarante ans pour la paix,
Au dernier sacrifice ils se retrouvent prêts,
S'écria Deschanel. Puis fut lu le message.
« Haut les cœurs ! » C'est le vœu qui résumait la page.
Cette lecture faite et quand il eut fini

Son exposé si clair des faits, Viviani
Dit, embrassant du geste et la droite et la gauche,
« Nous sommes » tous « sans peur, nous serons sans
[reproche. »
On écouta discours et message debout.
Or en de tels moments l'attitude c'est tout.
— Prodige inattendu, ne vit-on point l'armée
Par le socialisme à l'instant acclamée,
Les extrêmes-droitiers confondre avec l'État
La République aussi dans le même vivat,
Oublieux tout à coup de leurs vieilles rancunes,
Et tous applaudissant, tournés vers les tribunes
De leurs ambassadeurs, aux pays alliés?

Les différents partis sont réconciliés.
La trêve ! On aura vu s'accomplir ce miracle !
Et d'accord couronnant dignement le spectacle,
Sans parole inutile et sans discussion,
Tous les crédits votés par acclamation.
— Mais la Chambre aussi bien ne pouvait que se taire
D'avance convaincue, et c'est sans commentaire,
Quand parle la patrie en danger, qu'on l'entend.
— Le spectacle fut simple, inoubliable et grand.

9 août.

DEVANT LIÈGE

Belfort et Châteaudun, ces deux frères jumeaux
Dont la gloire grandit encore de ces maux
Qu'après soi traîne un siège, isolement, disette,
Ont trouvé leur émule en une sœur cadette,
Et l'histoire dira combien une cité
Surprise, puisque neutre, a vaillamment lutté.
Le sort de Châteaudun brûlé l'attend sans doute ;
Pourtant voici cinq jours qu'elle met en déroute
Un assaillant trois fois plus nombreux (1) et plus fort,
Dont le canon puissant, qui lui crache la mort,
Comme à l'aîné jadis au sein de la fournaise
Apporte à son blason la croix d'honneur française (2).
Il ne lui suffit pas de tenir en arrêt
Des hordes à l'assaut l'ondulante forêt :

(1) La garnison de Liège était de 40.000 hommes. Les Allemands l'assiégèrent dès le début avec 120.000 soldats, sans cesse renouvelés et renforcés ensuite.

(2) Liège décorée par décret du Président de la République française du 7 août.

C'est en champ découvert que les troupes wallonnes
Vont chercher et forcer les colonnes teutonnes.

La France et la Belgique ont vécu de tout temps
En bonne intelligence; entre leurs habitants
L'estime est réciproque et la langue est la même.
L'alliance leur rend le service suprême.
La servitude avec son cortège hideux
Les attendait en cas de revers toutes deux.
Déjà son spectre a fui : la fière résistance
De Liège garantit leur double indépendance.
N'a-t-elle pas permis à notre nation
D'achever amplement sa préparation,
Regagnant en deux jours la déloyale (1) avance
Prise par l'ennemi commun dans le silence
Par ruse, — cependant que contre l'agresseur
Nous volons au secours de la nation-sœur ?
Les deux peuples ainsi, pour n'être pas en reste
L'un à l'égard de l'autre, ont fait le même geste,

(1) Voir le livre bleu du gouverment britannique publié vers le 7 août, le livre orange du gouvernement russe paru le 8 août et l'extrait donné par un journal italien la *Tribuna* le 9 août du livre blanc allemand lui-même, mettant en relief toutes les tractations de l'Allemagne avant sa déclaration de guerre, mobilisation dissimulée, état de siège démenti, duplicité et mensonges au sujet de l'ultimatum de l'Autriche à la Serbie, etc.

Et tout, périls et gloire étant mis de moitié,
Entre pays unis dès longtemps d'amitié
L'Allemagne et sa guerre auront donné naissance
Au lien plus étroit de la reconnaissance.

9 août.

ALTKIRCH ET MULHOUSE

Certes ! on avait vu déjà des escarmouches
Sur le front de bandière et des patrouilles louches
De uhlans détaler, vu même sept chasseurs
Mettre en fuite vingt-deux de nos envahisseurs (1).
Mais la prise d'Altkirch fut la première affaire.
Ville fortifiée, où tel l'aigle en son aire
Le Teuton nous bravait,
Altkirch fut enlevée à bout de baïonnette,
Comme disaient nos vieux grognards, à la fourchette.
— C'est du travail bien fait.

Les Boches aisément furent mis en déroute
Et leurs bandes de l'Est couvraient bientôt la route
Dans un complet désordre, oublieux des liens
Qui les attachaient tant à nos Alsaciens.
— Estimant pour un jour avoir leur suffisance,
Ils avaient déserté leur ultime défense
En hâte et sans combat.

(1) *Bulletin des Communes* du 9 août.

2.

Ils n'aiment point nous voir de près et face à face ;
Mais il nous fallait bien pour entrer en Alsace
Une action d'éclat.

L'orgueilleux Allemand n'est en somme qu'un lâche.
Nos dragons sur le soir poursuivent sans relâche
La horde des brigands lance au poing, sabre au clair,
Et c'est dans la pénombre une lueur d'éclair.
Il en périt beaucoup. Seule la nuit qui tombe
En sauve une partie et suspend l'hécatombe.
— Reçus à bras ouverts
Depuis un demi-siècle attendus que nous sommes,
Nos frères de vivats n'étant point économes,
Nous en sommes couverts.

Nous voilà dans la ville, et les fenêtres s'ouvrent.
Ce ne sont que hurrahs ! les hommes se découvrent.
Les femmes au milieu d'un déluge de pleurs,
Nous jettent à l'envi des baisers et des fleurs.
Tout exulte de joie à nous voir dans la place
Désormais reconquise, et les vieillards d'Alsace
Embrassent nos soldats,
Pensant les reconnaître, et les poteaux frontière
Sont portés en avant chez les buveurs de bière
Par mille et mille bras.

Nuit brève. Dans la plaine, où luit la pâle aurore,
Flotte au-delà d'Altkirch le drapeau tricolore.

Nous allons, et Mulhouse est cueillie en chemin.
Partout à notre approche a cédé le Germain.
— De nos vives couleurs sont déshabituées
Les moissons si longtemps par l'Aigle polluées.
Sans doute à leur aspect
La fauve bête noire a pris son envolée
Et vers l'impérial maître s'en est allée
Coupant au plus direct.

Mais que penser? Faut-il que leur terreur soit grande
Ou leur trouble profond, qu'ils nous aient fait l'offrande,
Pour rien, sans coup férir, d'un centre industriel
De cent mille habitants! Est-ce artificiel,
Est-ce une outre gonflée, un fantôme débile
Cette puissante armée? A-t-il les pieds d'argile
Le colosse vanté?
Ou bien ont-ils fini par se rendre un peu compte
Qu'ils ne peuvent tenir en pays qu'à leur honte
Ils n'ont jamais mâté?

10 août.

LA GUERRE PRÉVENTIVE

« Nos ennemis ont commencé,
Dit Guillaume deux au vulgaire,
Et je n'ai déclaré la guerre
Que par eux contraint et forcé.
On sait que je n'y tenais guère.

A mon idée ils préparaient
Un mauvais coup contre l'Empire
Et — je me le suis laissé dire —
Contre mon trône ils conspiraient,
Mais dans leurs cartes j'ai su lire.

Ils auraient pu troubler nos eaux.
J'ai donc dû, pour la rendre vaine,
Devancer l'attaque prochaine
Ou possible de nos rivaux
Et mettre à l'abri mon domaine. »

A peine le Tartuffe a dit,
Jouant la peur de l'offensive

Pour excuser sa tentative,
Toutes les mères l'ont maudit
D'une poussée intuitive.

De quel pays croit-on vraiment
Que soit le loup de La Fontaine,
Si son agression soudaine
N'est point querelle d'Allemand
Donnant libre cours à la haine ?

11 août.

GUILLAUME II

Ainsi le voilà donc cet empereur mystique
Qui se donnait si haut pour l'envoyé de Dieu
Et lançait des défis sur le mode lyrique !

Qui posait au héros antique, sur l'épieu
Appuyé noblement ou bien bandant la fronde,
Lohengrin en tournée à toute heure, en tout lieu !

Élu par les Destins pour conquérir le monde,
Fléau du Ciel, mais seul à se glorifier !
Ce Jupiter tonnant dont la menace lève,

S'il lui plaît déposer le rameau d'olivier,
De Bellone et de Mars le redoutable glaive !
Le voilà ce guerrier plus soudard que soldat,

Agité maniaque, encombrant et nomade,
Sorte de Bibendum au pneumatique à plat,
Bateleur de tréteaux, histrion de parade,

Ameutant les badauds étonnés un moment !
Dont le geste et la voix, l'appel et la grimace
Resteront dans l'histoire un joli monument !

Et pourtant que n'a fait vingt-six ans ce paillasse
Sur la terre peser d'humiliations
Et causer de terreurs, d'infortunes, d'alarmes,

Comme un épouvantail montrant aux nations
Le sabre à tous propos, menant un grand brut d'armes
Et comme un chat fourré prenant un air dévot !

— Et le voici donnant l'impression de vide,
D'anéantissement : lui l'âme et le pivot
Du monde, il tremble enfin défaillant et livide.

Le voici descendu de son haut piédestal.
Il ne ressemble guère à l'ancienne statue,
Au portrait commandé d'empereur *Kolossal*.

Assez gesticulé. Sa faconde s'est tue.
De son masque tombé porterait-il le deuil ?
Ce moderne Néron mégalomane et fourbe,

Qui s'était révélé comme un monstre d'orgueil,
Dans le sang à la fin se complait, mais s'embourbe.
Qu'il glisse danslef eu qu'il allume partout !

A vos caisses, tambours ! promettez récompense
— « L'empereur d'Allemagne a perdu son bagout » —
A qui rapportera sa native insolence.

Nous ne l'entendons plus invoquer sans propos
La bible et Jehovah ; le livre des Prophètes
Et le Dieu des combats sont rendus au repos.

L'héroïque bouffon, expert en pirouettes,
Change de rôle et pousse un modeste couplet :
A son rêve obstiné de « plus grande Allemagne »

A succédé le doute effroyable d'Hamlet :
D' « Être ou de n'être pas » à présent s'accompagne
Mélancoliquement sa proclamation (1).

Nous en tenons l'aveu, de son indépendance
La question se pose : humble la nation
Ne fait plus de souhaits que pour son existence.

Plus un mot claironnant. A peine il parle bas
Pour annoncer la guerre (2), et ce héros du Verbe,
Comme un simple mortel ferait dans l'embarras,

(1) Proclamation de l'empereur d'Allemagne à son peuple, des premiers jours d'août.

(2) Proclamation de Guillaume à ses armées.

Tremblant et l'œil éteint dépose sa superbe.
Où sont ses vains discours, ses harangues d'antan,
Ses palabres ? Qu'a-t-il fait de son éloquence ?

Dans le cœur de ce reître, auguste capitan,
A l'angoisse timide a cédé l'arrogance,
Au doute inquiétant l'infaillibilité.

Plus un geste à cette heure, un mot qui ne trahisse
Et sa molle tristesse et son anxiété,
Car il sent la liqueur déborder du calice.

Après s'être flatté d'écraser l'univers
Et de dicter ses lois aux quatre coins du monde,
Il trouve devant lui les abîmes ouverts.

On lit le désespoir, la détresse profonde
Dans sa prose aujourd'hui, la peur et le remords.
Le Jupiter tonnant a déchaîné la foudre.....

Des fiers Hohenzollern la dynastie alors
La première avant peu sera réduite en poudre.
Qu'aux mains du sanguinaire ait lieu l'explosion !

Il s'en rend compte, et grande est sa déconvenue.
Mais la ruse, le mal, la persécution,
Tout se paie à son heure, et cette heure est venue.

12 août.

FRANÇOIS-JOSEPH Ier

Je ne puis m'empêcher de plaindre ce vieillard
Par son compère ici compromis avec art,
Vaincu de Sadowa que sa palinodie
Fait complice aujourd'hui de meurtre et d'incendie, —
Cet empereur et roi que le Ciel a frappé
D'avance dans les siens, lui dont l'auguste femme (1)
Périt sous le stylet, tandis qu'un sombre drame
Demeurait par ses soins d'ombres enveloppé, —
Chez qui le souvenir de Meyerling remonte
Sans cesse entretenant sa honte (2); —

Cet homme que le deuil n'a jamais épargné,
Qui de son trône a vu d'un œil mal résigné
Sur Jean Orth disparu s'étendre le mystère (3),

(1) L'impératrice Élisabeth assassinée à Genève le 10 septembre 1898 par Luccheni d'un coup de stylet.

(2) L'archiduc Rodolphe, fils de François-Joseph et héritier présomptif de la Couronne, mort dramatiquement dans des circonstances inavouées.

(3) Jean Népomucène Salvator d'Autriche, prince de Toscane, né en 1852, cousin de François-Joseph, général de

Fusiller au delà de l'Océan son frère,
L'impératrice en deuil en perdre la raison (1),
Par accidents brûler vivantes deux duchesses (2),
Crouler à ses côtés archiducs et princesses
Et nombre de neveux déserter sa Maison (3).
— Hier François Ferdinand avec sa femme tombe
Sous le revolver et la bombe (4).

division, entra dès 1883 en conflit avec l'empereur, en 1889 se dépouilla de ses grades, fonctions, rang et dignités et sous le nom de Jean Orth quitta à jamais l'Autriche comme capitaine au long cours sur la *Marguerite*. On n'en a plus eu de nouvelles depuis 1891.

(1) Maximilien I, empereur du Mexique, fusillé en 1867 par la Révolution de ce pays, — et Marie-Charlotte, sa femme, folle de douleur et depuis lors toujours enfermée.

(2) Belle-sœur de François-Joseph, duchesse d'Alençon, morte brûlée dans l'incendie du bazar de la Charité à Paris. — Archiduchesse Mathilde, morte brûlée en cherchant à dissimuler une cigarette qu'elle avait été surprise à fumer.

(3) Ferdinand Burg et nombre d'archiducs ont renoncé à leurs titres et à leurs droits pour faire des mariages qui déplaisaient à l'empereur.

(4) François-Ferdinand, héritier présomptif de la Couronne, ami personnel de Guillaume II et chef du parti de la guerre en Autriche, et la duchesse de Hohenberg, sa femme, tombés à Serajevo (Bosnie) en juin 1914 sous les balles d'un étudiant serbe une demi-heure après qu'une bombe avait été jetée devant sa voiture par un ouvrier de même nationalité. Ce double attentat fut le prétexte d'abord de la guerre austro-serbe, prétexte cherché par Guillaume pour allumer ensuite, par l'intermédiaire de la Russie, la guerre générale.

Ce pâle souverain, qui subit d'un vainqueur
L'alliance odieuse, avait pourtant du cœur
Et le poids de ses maux le rendait sympathique...
Mais il n'est châtiment un jour qui ne s'explique,
Et l'Éternel, pour qui le temps n'existe pas,
Frappe dès qu'il lui plaît l'injustice prochaine.
Il a pu châtier les forfaits que la haine
Des barbares commet en guerre à chaque pas
Et punir à son heure abondamment les crimes
Dont des innocents sont victimes.

François-Joseph avait assez de sang germain
Pour suivre jusque-là le despote inhumain
Qui le jette au-devant de la fortune adverse
En vertu du pouvoir que la mainmise exerce.
Qu'il y consente ou non, il n'est atrocité
Des cruels Allemands qui ne lui soit commune.
Son histoire dira, sans discerner, chacune
Des sauvages fureurs du Maître supporté,
Et, prenant les couleurs teutonnes pour le peindre,
Ne songera plus à le plaindre.

Au surplus les Français peuvent-ils oublier
Le veto qu'il posa pour disqualifier
La libre élection d'un ami de la France
Au Saint-Siège à la mort du pape, sa défense

Abusive, l'affront (1) ? — De tous les chefs d'État
Lors de la catastrophe affreuse, du naufrage
Où sur la *Liberté* mille hommes d'équipage (2)
Périrent, qu'on le sache ! il n'est qu'un potentat
Qui ne nous adressa point de condoléance :
    L'Autriche garda le silence.

Honnête homme parfois et malheureux toujours
De l'aube d'un long règne à la fin de ses jours,
Né pour tenir en main les rênes de l'Empire,
Des contraires destins il a connu le pire :
Il a porté le joug et n'aura tant vécu,
A grands efforts n'aura tenu son peuple en bride,
Ne se sera soumis à l'Allemand avide
Que pour être aux côtés de son vainqueur vaincu,
Et c'est dans l'infamie et la honte et la boue
    Que le vieil empereur échoue.

12 août.

(1) Le veto de François-Joseph mit seul obstacle à l'élection du Cardinal Rampolla à la papauté en 1903, lors de la mort de Léon XIII.

(2) Explosion du cuirassé *Liberté* en rade de Toulon le 25 septembre 1911.

CHAMP DE BATAILLE

Dans la plaine au matin — la plaine morne, immense —
Un impressionnant, terrifiant silence...
La vue, à l'horizon
Par les seuls accidents du terrain arrêtée,
Rencontre des bouquets d'arbres, une montée,
Peut-être une maison...

On peut entendre au loin sur la terre ennemie
Sortant du poulailler d'une ferme endormie
Des coqs l'appel gaulois ;
On peut voir d'un oiseau gris de mauvais augure
Le vol vers l'Orient fondre à pleine envergure,
Parti d'un petit bois.

Mais rien ne vient troubler le calme de l'aurore,
Ni de bétail aux champs la clochette sonore
Ni l'aboîment d'un chien ;
Et sauf l'herbe qui croît, la moisson promettante,
Rien qui s'agite, vive ou remue et contente
Les yeux : on ne voit rien.

Et pas un souffle humain... Si ! perdu dans l'espace
Soudain bride abattue un officier qui passe,
Et, sur un bruit léger,
Sur un ordre transmis par écrit, une note,
Un avis que de bouche en bouche on se chuchote,
Les choses vont changer.

Dans la plaine à l'instant de ses mille cachettes
Une forêt surgit, forêt de baïonnettes,
Dans la plaine qui dort
Et qu'ébranle le heurt de la cavalerie,
Cependant qu'invisible encor l'artillerie
Entonne un chant de mort.

Dès le premier moment la mitraille fait rage
Et d'hommes l'on conçoit l'innombrable carnage,
Par files renversés.
Longtemps pourra durer l'effroyable mêlée,
Mais la forêt déjà n'est plus qu'une vallée
De morts et de blessés.

13 août.

LE 15 AOUT

I. — MOTIF DE PRÉDILECTION

Qui donc a propagé cette doctrine folle
Que de son chef la France ait eu l'ambition
De se proclamer fille aînée et champion
De l'Église, en ceignant soi-même l'auréole ?...

Quand Marie envoya Saint Denys dans la Gaule,
Elle fit du pays l'enfant d'adoption
De son cœur, lui donnant par cette élection
D'une sûre et constante égide sa parole.

De quel autre en effet le développement
Eût-il mieux des dangers bravé l'événement ?
Les Alpes, l'Océan, le Rhin, les Pyrénées,

Ceinture d'un ardent foyer de vérité,
Paraissaient garantir dès lors ses destinées
Et tenir loin de lui tout péril écarté (1).

(1) ... fecitque... genus hominum inhabitare super universam faciem terræ, definiens... *terminos habitationis eorum* (Actes des Apôtres, ch. 17.) — *Non fecit taliter omni nationi* (Ps. 147).

II. — CONFIANCE

Puisque spontanément, Sainte Vierge Marie,
Vous vous êtes donné ce peuple pour enfant,
A peine est-il besoin, pour qu'il soit triomphant
De ses envahisseurs, que vers sa mère il crie.

Voyez la confiance avec laquelle il prie.
Son recours est tranquille, il sait qui le défend.
Roland n'a-t-il pas dû sonner de l'olifant
Pour que vînt Charlemagne en aide à la patrie ?

Les apparitions de Lourdes, de Pontmain,
De la Salette aussi présagent pour demain
La libération de notre territoire.

La France à votre exemple insigne écrasera
La tête des démons, Reine de la Victoire,
Et, mettant sous vos pieds vos insulteurs, vaincra.

III. — SURSUM

Depuis que sous un joug sectaire elle est courbée,
Les écoles sans Dieu, la spoliation
Lui méritent sans doute une punition,
Car la foi ne saurait demeurer prohibée.

Mais sous l'épreuve quand la France, ainsi tombée,
Se reprend et travaille à sa rédemption,
Faut-il au jour béni de votre Assomption
Que par un peuple impie elle soit absorbée ?

Ses regards avec vous s'élèvent vers le ciel.
De grâce, répondez à son pressant appel.
Considérez la France aujourd'hui pénitente

Et donnez la victoire à nos vaillants soldats
Sur une nation barbare et protestante,
Nous vous en supplions, ô Vierge des combats.

15 août.

DEUTSCHLAND UBER ALLES

« L'Allemagne au-dessus de tout »
Dit leur orgueilleuse devise,
Et la nation, qui s'en grise,
Est insupportable partout.

De fait nous voyons qu'ils se mettent
D'eux-mêmes au-dessus des lois
Et témoignons qu'il n'est d'exploits,
Qu'étant sans freins ils ne commettent.

Lois de la guerre et droit des gens
Sont méconnus, on les remplace
A tout le moins par la menace
Et par des propos outrageants.

Que voulez-vous qu'on s'embarrasse
D'un tel bagage en ce moment,
Chiffons de papier, boniment (1)
Qu'on froisse sans beaucoup d'audace !

(1) Dans son entretien avec l'ambassadeur d'Angleterre à la suite de la violation du territoire belge par l'Allemagne,

Insultes aux ambassadeurs,
Meurtres d'enfants, de jeunes filles,
Les cœurs teutons de ces broutilles
Ne soupçonnent pas les laideurs.

Parmi leurs moindres faits de guerre
Le vol, l'incendie allumé
Sont la rançon de l'opprimé.
De prisonniers... ils n'en font guère !

Et l'achèvement des blessés
Est compté pour une victoire
Qu'enregistrera leur histoire
Sans qu'ils s'en trouvent offensés.

Inconscience ou félonie,
Sauvagerie ou parti-pris
De stupéfier les esprits,
C'est la manière en Germanie.

En s'abritant de drapeaux blancs
Et des couleurs de l'adversaire
Ils ne font qu'acte de faussaire
Vis-à-vis des Français, des Francs.

le chancelier de l'Empire, M. de Bethmann-Holweg, lui dit : « Comment ! pour un mot, pour le mot neutralité, pour un *simple chiffon de papier* la Grande-Bretagne va faire la guerre !... »

Pourtant le monde se rebute
De revoir comme aux temps vieillis
Des Wallensteins et des Tillys
Ainsi se déchaîner la brute,

Et, tout entier pris de dégoût,
La force à changer de devise.
Désormais il faudra qu'on dise :
« L'Allemagne *au-dessous* de tout. »

15 août.

LE GŒBEN ET LE BRESLAU

Et voilà ! les croiseurs allemands sont vendus...
Sans déclaration de guerre ils sont venus
Par surprise en un rush foudroyant et facile
Au début bombarder Bône et Philippeville.
Ils étaient, sinon fiers, plein de vaillance alors.
La guerre déclarée ils filèrent aux ports
De Messine et Tarente : un jour la comédie
Des testaments remis aux mains de leur consul
Nous permit d'espérer qu'ils jouaient pas calcul
Un lever de rideau devant la tragédie.

Des géants de la mer on allait voir l'envol !
On revivrait ce jour d'héroïsme espagnol
Où l'escadre à Cuba, plutôt qu'être asservie,
Aux flottes d'Amérique avait vendu sa vie !
— Et Dieu sait s'il doutait du résultat final
Ce Rojestvensky dont en combat inégal
Les Russes épuisés d'avoir tourné le monde
En quête de bataille, affrontaient le Japon,

Au bord de l'ennemi s'accrochaient du harpon
Et s'ensevelissaient dans la gloire sous l'onde !

Ceux-là vendaient leur vie. Eux, ils se sont vendus,
Eux qui n'auront été ni défaits ni rendus.
Oh ! Duquesne, Jean-Bart, Surcouf, nobles corsaires,
Avez-vous rencontré jamais tels adversaires ?...
Souvenir du *Vengeur* qui pour n'être pas pris
Se fit sauter, pourquoi hantes-tu nos esprits ?...
Il a fallu des Turcs à ce bas marchandage !
Et, juste châtiment, c'est des vaincus des Grecs,
Des faillis ne comptant en guerre, en paix qu'échecs
Que les croiseurs teutons vont porter l'équipage.

On nous dit que les Allemands
Vendraient drapeaux et régiments (1)
Désespérant de les défendre.
Nous préférons les aller prendre.

16 août.

(1) Le *New-York Hérald* demandait le 14 août : vont-ils vendre aussi leurs régiments ?

DANS L'ATTENTE

NERVOSITÉ

Depuis Altkirch on vit dans l'attente fiévreuse.
Rien n'a pu contenter la foule désireuse
De la grande bataille où se décidera
De quel côté du Rhin la guerre se fera.
L'air qu'on aspire a pris une couleur de flamme.
Le peuple impatient sent sourdre dans son âme
Le furieux désir que nos forces bravant
Celles de l'ennemi, se portent de l'avant
De Bâle à Maëstricht sur un front formidable.
La foi dans le succès de nos armes, qui table
Ainsi sur la valeur de nos petits soldats
Et le savoir des chefs, ne se satisfait pas
Au récit des exploits de début qu'accompagne
La victoire promise à toute la campagne.
En vain lui vient l'écho des faits les plus brillants.
C'est Liège repoussant au loin ses assaillants,
C'est des Vosges la crête occupée en Alsace.
Leurs cols qui de Colmar doivent ouvrir la place

Sont applaudis. Le coup de feu des douaniers,
Des gendarmes, les longs convois de prisonniers
Et les prises de guerre, armes de toute espèce
Qu'entre les mains la mise en déroute nous laisse
Sont partout accueillis dans un frémissement,
Le retour des blessés acclamé longuement.

Au fond l'opinion, d'espérance couveuse,
Sous son calme apparent est forcément nerveuse :
Non qu'on songe aux périls par les siens encourus,
Vision fugitive et regrets disparus
D'un enfant, d'un mari, d'un frère qu'on jalouse
Du moment qu'est venu le temps qu'on en découse ;
Non qu'on soit inquiet, mais on est anxieux,
On souhaite au pays des succès glorieux ;
Non que la confiance hésitante et lointaine
Mette en doute l'issue et la croie incertaine,
Mais chaque heure qui passe augmente l'embarras
De nos frères d'Alsace. Ils nous tendent les bras
Et si nous n'accourons, ils restent les otages
De leurs maîtres anciens, plus que jamais sauvages,
Qui de fer ou de feu vont les envelopper
Plutôt que voir leur proie ainsi leur échapper.
— Personne ne pâlit. Mais la juste revanche
A quarante-quatre ans de retard ; l'avalanche
Du bon droit doit courir à ces infâmes sus
Et d'Alsace-Lorraine extirper le virus.

— Contre le teuton vil l'Europe est soulevée.
Mais la neutralité sera-t-elle observée,
Promise qu'elle fut par des peuples peu francs ?
Tout est à redouter, du côté des Balkans,
Du Bulgare et du Turc. Que fera l'Italie ?
Le Japon, la Hollande, enfin la Bulgarie
D'accord avec la Grèce ! avec la Roumanie !
Vont-ils grossir encor la coalition ?
Telle est dans les esprits troublés la question.

PREMIER SUCCÈS

Du Nord comme de l'Est les nouvelles sont bonnes.
L'armée anglo-française a rejoint les colonnes
Des Belges valeureux. Hælen après Arlon
Égale en résultats et gloire au champ wallon
Les combats engagés en terre alsacienne
Sur la frontière avec la horde prussienne,
Et le col du Bonhomme ouvre le grand chemin
D'accès par New-Brisach ou par Strasbourg au Rhin :
Simples engagements, préludes d'avant-postes
D'abord, mais amenant d'importantes ripostes.
Le mont Tarabosh pris par les Monténégrins,
Les Serbes pénétrant au pays des florins
Par la Bosnie alors que par la Galicie
En Autriche prend pied l'innombrable Russie,

Et reconstituant la Pologne le tzar
Qui l'érige en royaume avec un hospodar,
Le Japon dirigeant sa puissante marine
Sur les possessions allemandes en Chine,
Les bateaux de commerce ennemis poursuivis
Et par monceaux des stocks de cargaisons ravis,
Les modernes croisés encombrés de richesses
Et partout de la mer leurs escadres maîtresses :
Voilà ce qu'ont causé de mal en quelques jours
Les militants du Droit aux Germano-pandours.
Et j'allais oublier la station détruite,
Les sous-marins coulés, les deux croiseurs en fuite (1).

CARACTÉRISTIQUES

L'humeur de l'Allemand, son tempérament lourd,
Son naturel grossier et son esprit balourd,
Par la cohésion due à la discipline,
Le rendent redoutable ainsi que la machine
Dont le volant brutal, aveugle, obéissant
Culbute l'imprudent qui le frôle en passant.
Il ne résiste point à la nature vive,
Débordante d'entrain et d'initiative

(1) La station allemande de T. S. F. détruite par un croiseur anglais sur la côte orientale de l'Afrique. Pour les croiseurs *Gœben* et *Breslau* voir ci-dessus.

De nos légers soldats. Quand on dut s'aborder
A l'arme blanche, on a jusqu'ici vu céder
L'épais soudard au sabre, à la lance affilée
Comme à la baïonnette, évitant la mêlée.
Pas plus qu'aux fantassins, aux cavaliers d'ailleurs
Ne manque la science à nos gais artilleurs.
Autrement outillés, ils ont fait bon ouvrage
Et sur les ennemis toujours pris l'avantage,
Car à leurs dons natifs, à leur mobilité
Se joint de l'armement la belle qualité.

On a dit le moral atteint chez l'adversaire :
L'intendance l'aurait privé du nécessaire ;
Les chevaux sans avoine et les hommes sans pain
Se feraient capturer à demi morts de faim ;
La lassitude aussi chez les esprits morbides
Occasionnerait de nombreux suicides,
Et, selon les propos des premiers prisonniers,
« La guerre impopulaire est due aux officiers (1) », —
Cependant que s'excite et s'enivre de gloire
Notre troupier français de victoire en victoire,
Qu'il fait un chaud accueil aux turkos revenus,
Qui devant Wissembourg ont combattu tout nus
Autrefois, diables noirs, pour être plus à l'aise,
Africains maniant le sabre à la française,

(1) « Es ist Kein Volkskrieg, es ist ein Offizierkrieg » propos d'un des premiers prisonniers allemands.

Dont l'intrépidité de ce nom de turkos
A fait le synonyme étrange de héros.

L'ACTION DIPLOMATIQUE

Entre temps on apprend que la diplomatie,
La menace à la bouche, en hâte négocie.
L'Allemagne transmet sa proposition
Infâme à la Belgique (1), et la noble Albion,
Sollicitée avant, révèle l'impudence
De la promesse faite à sa condescendance (2),
Soit nos possessions d'outre-mer comme enjeu
D'un laisser-faire qui mettrait la France à feu.
Or ces possessions c'était de son aveu
La prix que l'Allemagne entendait elle-même

(1) Elle lui promettait une part de nos colonies si Liège cessait sa résistance et si libre passage lui était laissé sur le territoire belge.

(2) L'Angleterre, proposait l'Allemagne, « recevrait de Berlin et de Vienne, si elle laissait écraser la France, deux importantes colonies françaises beaucoup plus riches que les colonies allemandes auxquelles elle pourrait tout au plus prétendre en prenant part contre l'Allemagne et l'Autriche à une guerre victorieuse, outre qu'elle épargnerait sa flotte et son argent ». Discours de M. Asquith, président du conseil des ministres au Parlement anglais : *Liberté* du 11 août. — La peau de l'ours...

Retirer de la guerre (1). En quel péril extrême
Faut-il qu'elle se voie aujourd'hui pour lâcher
Des trésors vers lesquels on la sait tant loucher !
Maintenant la voici soufflant sur l'incendie
Qui désole l'Europe, usant de perfidie
Pour entraîner les Turcs et les Italiens
Et se les attacher par de traîtres liens.
Mais il ne semble pas à notre expectative
Que doive le succès suivre la tentative.
L'Italie au contraire, apprenant les dessous
De l'alliance, est près de déclarer dissous
Des traités qui la font dupe. En Tripolitaine
Les Turcs n'étaient-ils point à la solde germaine ?
Au surplus la voici s'armant contre un voisin
Dont elle a de tout temps convoité le Trentin.
De la Turquie aussi l'attitude équivoque
N'est pas pour étonner : girouette, elle évoque
Ces trembleurs attendant pour se déterminer
De voir de quel côté le vent pourra tourner.
Les Roumains et les Grecs ont bien trop de finesse
Pour s'aller contenter d'une vague promesse

(1) Dès avant la déclaration de guerre à la France et dans la pensée de détourner l'Angleterre de toute participation aux opérations, elle avait assuré celle-ci que l'issue de la guerre n'amènerait en aucun cas de diminution territoriale de la France, affirmation bien transparente et ne laissant pas de doute sur ses visées.

Et « mettre leur argent sur un mauvais cheval (1) » ;
L'opinion publique est qu'un double rival
Peut se faire écraser l'un dans la mer Égée
L'autre en Transylvanie à ce jour : négligée
L'occasion jamais ne se reproduira.
La Bulgarie enfin, que l'orgueil égara,
Renaît au sentiment de cohésion slave.
En vain coule aux Balkans la germanique bave.
Et l'univers entier est debout l'arme au bras :
Tandis qu'au Canada s'enrôlent des soldats,
Qu'aux îles du Nippon les flottes appareillent,
La Hollande et la Suisse à leurs frontières veillent.
A notre ultimatum d'avoir à s'expliquer
Sur sa sourde menée, à cesser de troquer
Contre soldats germains ses slaves de Bohême (2)
L'Autriche fait réponse et poussée à l'extrême
Nous déclare la guerre. Et dans le même temps
Le Japon la déclare en Chine aux Allemands.
Tant mieux ! de jour en jour se grossit la Croisade
Contre la barbarie et la rodomontade !
Suprême injure, il n'est pas jusqu'au Portugal
Qui bien haut ne proclame un sentiment égal.

(1) Cette métaphore est empruntée à lord Salisbury.

(2) L'Autriche, doutant de la fidélité de ses sujets slaves, si elle les mettait en ligne contre leurs frères Serbes, les envoyait nous combattre en Alsace-Lorraine, cependant que l'Allemagne lui amenait ses sujets Alsaciens-Lorrains à la frontière de Serbie : doux échange.

Le petit Danemark, que l'Allemagne obsède,
En songeant au Sleswig arme avec la Suède.

ÉVÉNEMENTS DIVERS

Mais la grande bataille est-elle pour demain ?
— Nos troupes, — patience ! — en gagnant du terrain,
S'implantent en Alsace et font bonne besogne.
Du haut du vieux clocher de Strasbourg la cigogne,
Se tenant sur un pied, nous fait signe déjà
D'y fixer le drapeau que l'Allemand changea.
Pavoisés nos hardis avions, d'un coup d'aile
S'élançant aussitôt, voltigent autour d'elle.
Sur leur route éthérée ils ont semé l'effroi,
D'une bombe en lieu sûr peut-être fait l'envoi,
En tous cas rapporté de leur reconnaissance
Quelque renseignement qui mérite créance.
De là-haut ils ont pu voir nos chasseurs à pié
S'emparer d'un drapeau fièrement déployé,
Sabre au poing nos dragons, que le canon laboure,
Les premiers mériter la Croix par leur bravoure (1),

(1) Le drapeau du 132e régiment d'infanterie bavarois fut le premier drapeau enlevé. C'est le 10e bataillon de chasseurs à pied qui s'en empara, et il fut porté solennellement aux Invalides à Paris peu de jours après. — Le premier décoré de la Légion d'honneur pour fait de guerre fut le lieutenant Bruyant du 21e dragons.

Partout où nous passons nos étendards debout,
L'ennemi bousculé plier au feu, partout
Laissant des prisonniers. Ailleurs un dirigeable,
Un monoplan léger dans l'azur évocable
Aurait vu des hauteurs de son aéronef
La réception faite au général en chef
Des Anglais alliés par un peuple en délire (1),
Nos escadres coulant à fond plus d'un navire,
Les juifs russes rendus tous à la liberté (2)
Tandis que meurt le chef de la chrétienté (3),
Quantité d'espions couvrant le sol de France
Et maint blessé français terminant sa souffrance
Sous les coups des maudits. Mais eût-il entendu
Dans le bruit du canon le succès prétendu
De l'armée allemande, ou les fausses nouvelles
Ne volent-elles point aussi haut que nos ailes?

IMPATIENCE

Nous aurons eu beau faire, il n'est que trop exact
Que l'Allemagne à peine avec nous prend contact.

(1) Le général French passa par Paris vers le 15 août pour se rendre à l'armée du Nord.

(2) Le 17 août l'*Exchange Telegraph* annonçait de source très autorisée la prochaine apparition d'une proclamation du tzar accordant aux Israélites de son empire les mêmes droits civils et politiques qu'à ses autres sujets.

(3) Mort de Pie X le 20 août.

Comme au fond de ses ports son escadre terrée,
Pied à pied reculant son armée atterrée
Refuse la bataille. Il y faudra venir
Pourtant, mais nulle part elle n'a su tenir :
De ses positions constamment débusquée,
(Qu'est devenu son beau plan d'attaque brusquée
Et de ruée en France ? Oh ! désenchantement
Et désillusion !) l'armée ingénûment
Cherche à se reformer à l'abri de sa ligne.
— Lohengrin ! c'est fâcheux présage que ton cygne
Ait replié son aile et pour te protéger
En remontant le Mein ne puisse que nager !
— Puisque la bataille est quand même inévitable,
Que tout atermoiement nous est plus profitable
Qu'à vous, qu'il va falloir dégarnir votre Ouest
Bientôt et reporter de nombreux corps à l'Est
Pour défendre Berlin de l'approche du Russe
Qui de son pas pressé foule déjà la Prusse,
Que ne vous hâtez-vous, Allemands, de montrer
La tactique tudesque et de nous rencontrer ?

18-20 août.

LE FUSIL DE BOIS

C'était un tout petit enfant, sept ans à peine.
Il avait un jouet, un jouet bon marché,
Du dernier jour de l'an modeste et seule étrenne,
Mais auquel de tout cœur il s'était attaché.

Ce jouet — un amour de fusil sans culasse
Et sans verrou, qu'aimaient à manier ses doigts —
Se trouvait à l'égard des accidents de chasse
Être de tout repos, car il était en bois.

Comme vole l'oiselle il faut que l'enfant joue.
Voulait-il à quelqu'un marquer de l'amitié,
De son arme anodine en le couchant en joue
Gaîment il le mettait dans son jeu de moitié.

La guerre, on ne sait pas ce que c'est à son âge :
Il « jouait à la guerre » avec d'autres petits,
Mais la vraie ?... assez tôt s'en fait l'apprentissage,
Et c'est un mot qui n'a pour lui rien de précis.

D'un soldat prussien l'autre jour il avise
Le casque étincelant aux rayons de l'été.
Dans l'admiration l'enfant épaule et vise,
Moins par étourderie encor que par fierté.

Sans se faire prier l'homme prend bien la chose
Et cédant à l'invite il entre dans le jeu,
Au bout de son fusil couche le bébé rose
Froidement, longuement... et sûrement fait feu.

Et la brute casquée indifférente au crime
Passa. Qu'importe un mort de plus ou moins? Son pas
Insoucieux heurta la petite victime,
Et l'homme pour si peu ne se retourna pas (1).

21 août.

(1) Cet épisode de la guerre eut lieu à Magny, village sur la frontière française un moment envahi au début des hostilités. Toutefois les renseignements ultérieurs ont établi que c'est collé au mur et par un peloton que l'enfant a été fusillé. Le crime ne provenait point du fait d'une brute isolée comme il avait été écrit d'abord, mais d'ordre supérieur. (Tous les journaux.)

LES COMMANDEMENTS DE GUILLAUME

En bon Allemand tu seras
Des pays en guerre la plaie.

Et d'abord tu te moqueras
Des conventions de la Haye ;
Le droit des gens méconnaîtras
Ainsi que l'honneur militaire ;
Le drapeau blanc arboreras
Et sous sa hampe tutélaire
Preste à bout portant tireras
Sur l'ennemi sans défiance ;
De tes balles n'éparg eras
Pas les services d'ambulance ;
Mais les blessés achèveras
Pour éviter qu'ils ne guérissent ;
Les balles dum dum emploîras,
Qui dans la chair s'épanouissent ;
Sans jugement fusilleras
Les prisonniers par barbarie,
Et ce faisant mériteras

De ta gracieuse patrie.
Allant au feu te couvriras
De l'étendard de l'adversaire
Sans fausse honte et gagneras
Ainsi tes galons de faussaire ;
Sans prétexte bombarderas
Villages et villes ouvertes,
Et fortement rançonneras
Celles qui se seront offertes (1).

De plus tu terroriseras
La population civile :
A ton aise pratiqueras
Le vol et l'incendie en ville ;
Puis les paysans frapperas
De mille charges ruineuses,
Leurs récoltes dévasteras
Dans les campagnes prometteuses ;
En les quittant demanderas
A serrer la main de l'hôtesse,
Et la prenant la couperas

(1) La ville de Pont-à-Mousson, dépourvue de défenseurs et dans laquelle les Allemands ne sont même pas entrés, fut bombardée les 11, 12 et 14 août.

Bruxelles fut frappé d'une contribution de guerre de 200 millions de francs.

D'un coup de sabre avec rudesse (1) ;
Glorieusement fermeras
Au-dessus des mineurs la mine
Et leurs filles violeras
Tandis qu'ils meurent de famine ;
En vandale te conduiras;
Et pour compléter le programme
En tous lieux assassineras
Vieillard, adulte, enfant et femme,
Et dans le sang te baigneras
Jusqu'aux genoux, jusqu'à la hanche.
— Bref, tu te déshonoreras,
Mais *ils* n'auront pas leur *revanche*.

2 août.

(1) Le fait s'est passé aux mines de Mons, et l'auteur de ces vers le tient d'émigrés belges qui en ont été témoins. Tous les autres crimes cités ici sont notoires.

LES FORTS DE SABLE

La mer est basse. Enfants, faites un fort de sable
Sous le regard de vos mamans.
Pour le faire solide et d'aspect redoutable
Vous disposez de longs moments.

Peuples, hérissez-vous aussi de forteresses
Du dernier modèle à grands frais.
Apportez-y vos bras, votre temps, vos richesses.
Profitez des beaux jours de paix.

Au loin si l'horizon s'obscurcit et menace
Vous ferez l'effort maximum
Et suprême pour mettre en bon état la place :
« Si vis pacem para bellum. »

Vous ferez bien. — Voici l'heure de la marée,
Et déjà l'on entend hennir
Son cheval de bataille à travers la contrée.
A vos forts de le retenir !

De la vague d'abord la fière citadelle
Repousse vaillamment l'assaut ;
Mais, revenu grossi d'une force nouvelle
A chaque échec, monte le flot.

Et sous les assaillants, dont la masse profonde
Roule et s'avance en rugissant
Inlassable toujours, que ce soit l'homme ou l'onde,
Votre fort va s'affaiblissant.

Lorsqu'à la pleine mer aura passé la vague
Niveleuse ou le flot humain,
Il n'en restera plus même une forme vague
Que l'on puisse chercher demain.

Car ce que l'homme a fait l'homme le peut défaire ;
Il lui faut même moins de temps.
Son plus solide ouvrage est de sable et précaire :
Le flot l'emporte en peu d'instants.

23 août, jour de grande marée.

GUMBINNEN ET CHABATZ

Voici venus les jours des batailles sans fin.
Cependant que se joue en Flandre le destin
De peuples divisés d'une haine mortelle,
Que des confins de France au-delà de Bruxelle
Depuis deux jours le sort inflige aux combattants,
Sans vouloir se fixer, des retours inconstants,
Nous vient de l'Orient une double nouvelle
De nature à hâter la fin de la querelle.
Car où trouver après ces luttes de géants
A tant d'hommes tombés longtemps des suppléants?

De Gumbinnen à Lyck en Prusse orientale
Les Russes ont livré combat sans intervalle
Quatre jours à trois corps d'Allemands. Leur succès
Des routes de Berlin leur a donné l'accès.
Vite ils s'y sont jetés, les Cosaques en tête
Et les fiers régiments de la garde, en tempête,
Les lances en arrêt, laissant au fantassin
Le soin de ramasser prisonniers et butin,
Tant malgré la fatigue il était d'importance
D'en poursuivre aussitôt toute la conséquence.

L'unanime succès des Slaves aguerris
N'est-il pas au surplus pour frapper les esprits ?
La petite Serbie après deux ans de guerre
A cent quatre-vingt mille hommes ne pouvait guère
Opposer qu'un noyau ; mais dans l'inégal duel
Elle montra cinq jours un héroïsme tel
Que l'Autrichien fuit. Chabatz vit ce prodige
D'une armée en déroute et prise de vertige
Devant un ennemi de beaucoup moins nombreux,
Mais à la vérité cent fois plus valeureux.

Est-il bien au surplus certain qu'une victoire
Sur les Autrichiens soit un titre de gloire ?
C'est aux yeux du slavisme un peuple convaincu
D'avoir pris pour devise : « Être toujours vaincu. »
Ulm, Austerlitz, Wagram de sinistre mémoire,
Sans remonter plus haut, c'est toute son histoire
Avec Solférino — j'en passe — et Sadowa.
De justes châtiments seule le préserva
Sa jolie impudeur, lui qui, la guerre faite
Dans sa collection épinglant la défaite,
Recherche l'alliance, odieuse à son cœur,
D'un maître despotique ou le lit d'un vainqueur (1).

24 août.

(1) L'alliance avec l'Empire d'Allemagne malgré l'écrasement de 1866, ou le mariage de Marie-Louise avec Napoléon I.

LA SAINT-LOUIS

Le roi Louis est mort au cours de sa croisade
Contre une sarrasine et barbare peuplade
Comme au delà des mers et l'épée à la main
Il anéantissait l'infidèle inhumain,
Et n'a pas étouffé partout la barbarie.
Depuis lors elle couve. Aujourd'hui sa furie
Bondit hors du repaire, et les Huns d'Attila
Se sont multipliés. Les Sarrasins sont là,
Aux frontières de France, et leur horrible horde,
Haineuse, hardiment nous harcèle et déborde,
De tous côtés venue. Ils portent leur effort
Contre notre pays sur l'Est et sur le Nord,
Sauf à laisser entrer en Prusse la Russie.
Et six siècles n'auront été qu'une éclaircie.
L'orage est déchaîné. Voici le jour venu
Où, sortant du tombeau, Louis s'est souvenu
Qu'il n'avait pas mis fin à sa chasse au Barbare.
Il se lève à l'appel d'En haut comme Lazare.
La croisade reprend. Notre temps aura vu,
Incrédule qu'il est, ce spectacle imprévu

D'un retour à la foi, de faveurs accordées
A des religieux et d'églises bondées (1).
Et tandis qu'au drapeau les moines expulsés
Accourent (2), l'ancien roi, le vieux chef de croisés
Rentre en honneur chez soi. Lui n'a rien de Guillaume,
Il n'eût pas acheté d'un mensonge un royaume,
Et refusa l'empire afin qu'aucun trafic
Ne portât préjudice aux droits de Frédéric (3).
Honnête, juste et bon, poursuivant de sa haine
La seule barbarie, à l'Alsace-Lorraine
Il promet la rentrée en pays policé
Et la paix de la vie ainsi qu'au temps passé.
Le mois même où partout la bataille s'engage
Contre des contingents inconnus d'un autre âge,
Dont nul n'eût soupçonné le heurt impétueux,
Apparaît le monarque intègre et vertueux.
Oui, ce même mois d'août qui vit la guerre éclore

(1) Dès le début de la guerre le Ministre de l'Intérieur faisait savoir que ne seraient pas appliqués les décrets pris deux mois auparavant et qui avaient pour objet la fermeture des écoles et établissements congréganistes. — A la même époque des prières publiques étaient ordonnées par toutes les autorités ecclésiastiques de France et les solennités qui s'ensuivirent amenèrent tous les jours une énorme affluence dans les églises.

(2) Tous les membres des Congrégations expulsées en état de porter les armes étaient rentrés en France prendre du service au premier jour de la mobilisation.

(3) Frédéric II empereur d'Allemagne.

Range sous sa bannière un drapeau tricolore
Et les fiers pavillons de six peuples amis,
En attendant tous ceux des pays indécis (1).

25 août.

(1) Au 25 août la coalition comprenait la France, la Russie, l'Angleterre, la Belgique, la Serbie, le Monténégro et le Japon. En Europe toutes les autres nations, y compris les neutres, avaient mobilisé et nous étaient sympathiques, sauf peut-être la Turquie.

LES ALARMISTES

Eh bien ! oui, nous avons essuyé des revers.
Nos valeureux soldats pour des motifs divers
N'ont pas eu le meilleur sur deux points de la ligne
Et, de l'état-major observant la consigne,
Deux fois ont pris Mulhouse et l'ont abandonné ;
De Roubaix nous portons le deuil momentané ;
Lunéville est aux mains des troupes prussiennes ;
C'est exact, nous comptons nos blessés par centaines. —
Et pour cela voici qu'on vous entend gémir.
« Tout est perdu ! Mon Dieu ! que va-t-il advenir ? »
Criez-vous sur les toits. Déjà la capitale
Est envahie ! — Erreur, erreur sotte et fatale.
Il eût fallu sans doute à vos esprits obtus,
Pour chasser l'Allemand, que l'on soufflât dessus.
Détrompez-vous. Sachez que c'est une autre affaire,
Que s'il n'était pas fort il n'eût point fait la guerre.
Nous perdons pour l'instant trois cités... et après ?
Que ne décomptez-vous d'autre part nos succès ?
Nous sommes en Alsace avancés plus qu'en France
Il n'a fait de progrès. Il avait l'assurance

D'être à Paris en moins de dix jours, disait-il ?
L'effort belge à lui seul a prolongé l'exil,
En attendant que vînt l'aide de l'Angleterre
Dont l'appoint généreux semble sortir de terre.
Du cosaque en Pologne écoutez le galop ;
Rien ne peut résister aux Russes : ils sont trop.
Même isolés, d'un coup de désespoir superbe
Pourquoi ne ferions-nous pas ce qu'a fait le Serbe ?
Si jamais une cause a paru tout d'abord
Perdue et nation vouée au pire sort,
Certes ! c'est la Serbie. Or sa petite armée
Est en marche aujourd'hui sur Vienne alarmée.
L'objectif au surplus est bien moins d'avancer
Que de battre en tous lieux l'ennemi, l'enfoncer,
Diminuer enfin ses forces combattantes
En lui causant toujours des pertes importantes.

Mais que sert de parler ? Rien de ce qu'on dira
De votre affolement ne vous délivrera.
La peur n'est point d'ailleurs chose digne de blâme :
La chouette en son vol peut vous effleurer l'âme
De l'aile malgré vous, vous souiller de son bras ;
La peur, l'horrible peur ne se raisonne pas.
Mais qu'elle soit discrète au moins, silencieuse !
Elle est de par nature assez contagieuse
Pour qu'on doive éviter de la communiquer
En allant, quand on tremble, en tous lieux s'expliquer.
Qu'une femme, un infirme, un homme de grand âge

Vous entende, ce n'est pas en soi bien dommage ;
Mais avez-vous songé que votre sentiment
Prend, par eux rapporté, de moment en moment
Du champ comme faisait le secret de la fable
Aux pieds légers (1) ? Hélas ! il est inévitable
Qu'il se répande vite en propos affligeants
Et parvienne de proche en proche aux jeunes gens,
Espoirs des jours prochains et réservoir suprême
Où se va recruter la force qui s'essaime
Sur notre front pendant que courent vos babils.
Quel langage à leur tour ces espoirs tiendront-ils
Entre eux, lorsqu'ils seront plus tard à la caserne ?
D'avance vous gâtez au chef son subalterne.
Songez qu'un commérage absurde et ruineux
Peut suffire à tuer la confiance en eux.
De la jeunesse elle est le sacré privilège ;
N'y touchez point. De grâce ! improvisé stratège,
Ne sortez de chez vous, et mettez-vous au lit.
Autant qu'il vous plaira tourmentez-vous l'esprit
Portes closes, cessez de semer la panique
Et tâchez de dormir. Un jour la République,
La guerre terminée, heureuse d'un sommeil
Léthargique et calmant, fêtera votre éveil
A l'égal du retour des troupes triomphantes,
Qui n'auront pas connu vos plaintes décevantes.

26 août.

(1) Les femmes et le secret. La Fontaine.

CHAUDFONTAINE

Que si les forts de Liège après vingt-quatre jours
D'affreux bombardements semblent tenir toujours,
L'un d'eux a disparu toutefois, Chaudfontaine,
Et le regard en vain fouille la rase plaine.
Devenu sous l'assaut répété du canon
Un monceau de débris, Chaudfontaine — ce nom
Dans l'histoire sera, je pense, impérissable —
A fini par subir le sort des forts de sable.
Mais la mer ne l'a point. Elle eut beau niveler
Coupole et bastions, sans arrêt déferler,
Le battre d'un long flux dont l'écume encore lèche
La place, elle n'eut rien. Le commandant Namèche,
En se faisant sauter, a sauvé par sa mort
Des mains de l'ennemi ce qui restait du fort,
Et, rehaussant par là l'honneur de la Belgique,
Imité du *Vengeur* la conduite héroïque.

27 août.

LES RÉFUGIÉS BELGES

Quel spectacle chez nous se présente à la vue !
A travers la campagne une triste cohue
Se presse d'étrangers lamentables, piteux,
Allant sans savoir où, poussant droit devant eux
Dans leur affolement et leur hâte de fuite
Que de l'envahisseur a causé la poursuite.
Du nécessaire à peine alourdissant leurs pas,
Un bagage léger ne les retarde pas.
Aux mains de quelques-uns un baluchon sommaire,
Un nouveau-né pendant au giron de sa mère,
C'est tout ce qu'ont sauvé les malheureuses gens.
Riches, bourgeois aisés, travailleurs, indigents,
Par un retour subit de fortune contraire
Tous manquent aujourd'hui même du nécessaire.
Pas un sou devant eux. Quelles comparaisons
S'imposent ! Ils ont vu mettre à sac leurs maisons,
Puis en fuyant l'ont vue en proie à l'incendie ;
Ils ont vu des soudards, soldatesque hardie,
Tout tuer autour d'eux et le peuple, innocent
Des coups de son armée, arroser de son sang

Le sol neutre et sacré de la noble patrie.
En une heure il fallut quitter son industrie,
Ses prés, ce qu'on aimait avant l'invasion.
De l'angoisse en leurs yeux se lit la vision
Et l'épouvante affreuse encore s'y reflète.
D'un ami fusillé l'horrible silhouette
S'y marie à la vue atroce des petits
Qu'on dut la nuit soudain arracher de leurs lits
Et d'étape en étape en un lugubre exode
Traîner l'œil aux aguets, crainte qu'un uhlan rôde
Par les champs traversés inconnus et perdus.

Aux frontières de France enfin ils sont rendus...
Grands dieux ! dans quel état de morne lassitude !
Mais les Belges ont droit à notre gratitude !
Bientôt ils sont nourris, vêtus et dirigés
Sous des climats heureux, chez l'habitant logés.
Ah ! si nous leur rendons en prompts et bons offices
La moitié seulement des signalés services
Que nous avons reçus de leurs vaillants soldats,
Certe ! ils devraient pouvoir, en nous louant leurs bras
Pour de menus travaux, sans prétendre à l'aisance,
Trouver quelques moyens précaires d'existence.
Mais comment réparer les dommages subis,
Les soucis de l'exil et le mal du pays?
Quel langage tenir par exemple et quel baume
Consolateur verser jamais à ce pauvre homme
A la femme de qui des monstres inhumains

De deux coups de leur sabre ont arraché les seins ?
Cette mère qui vit abattre sur sa porte
Ses trois enfants, est-il un mot d'aucune sorte
Propre à la soulager ?... Si grande affliction
Vous serre et fend le cœur muet d'émotion.

29 août.

HÉLIGOLAND

Sous un soleil de plomb, par un temps pur et clair
Depuis vingt jours l'escadre anglaise tient la mer
A la recherche, au long des côtes de Hollande,
Jutland et Danemark, de la flotte allemande
Et la nuit — la nuit d'août aux beaux ciels étoilés
Dont l'haleine un moment tiédit les jours brûlés,
Nuit de rêve vouée aux amants, aux amantes
Guettant de tous leurs yeux les étoiles filantes, —
La nuit même elle n'a point cessé de fouiller
De tous ses projecteurs au vigilant foyer
Et surveiller l'humide horizon sans limite.
Rien n'apparaît d'abord aux plaines d'Amphitrite.
Neptune, qui se plaît aux jeux de ses Tritons,
S'attarde en son domaine à voir ses rejetons
Lutiner un long temps les belles Néréides
Aux yeux glauques ou pers et leurs formes squalides...
— Mais les voici montés sur leurs chevaux marins
Et d'un hymne guerrier la conque des dauphins

Soudain fait retentir l'atmosphère limpide
Qui pèse sur le champ de bataille liquide.

L'escadre anglaise avec vingt mille hommes à bord
A joint les Allemands, et c'est la mer du Nord
Qui la première ouvrant la tombe en eau profonde
Aura vu disputer aux marines du monde
Les plus fortes qui soient, en des combats géants,
La souveraineté des vastes Océans.
— Au début de la guerre en quittant l'Atlantique
De peur des alliés la flotte germanique
Avait cherché refuge au port d'Héligoland,
Place forte, île sise aux abords du Jutland.
Pourtant, quand elle a su l'odyssée et la fuite
Et la vente des deux croiseurs dont la conduite
En Méditerranée est pour elle un affront,
Elle s'est décidée un jour à faire front
A l'Anglais qui la cerne : une attaque subite
Des contre-torpilleurs et des croiseurs, qu'abrite
La rade, ayant tenté de surprendre au matin
L'ennemi, celui-ci déjoua son dessein.
Par une habile autant que savante manœuvre
Des Anglais, se glissant ainsi qu'une couleuvre,
Les vaisseaux allemands furent avec éclat
Promptement entourés et mis hors de combat.
— Déjà l'amirauté porte avec la victoire
Le nom de Beatty-Moore aux fastes de l'histoire.
Deux contre-torpilleurs et trois croiseurs légers

Furent coulés à fond, d'autres endommagés
Sans que l'escadre anglaise eût subi d'avarie.
N'importe! ils ont sauvé l'honneur à leur patrie,
Ces bâtiments coulés. Enviable est leur sort.
Eux du moins n'ont pas fui pour éviter la mort.

30 août.

LOUVAIN

Le monde a conservé pour le couvrir de honte
Et le stigmatiser d'infamie et d'horreur
Le souvenir d'Osmar, prince de la terreur,
Dont à treize cents ans l'atrocité remonte.

Calife et conquérant, il n'eût pas pour si peu
Été célèbre si dans un jour de furie
A la bibliothèque hélas ! d'Alexandrie,
Tel à Rome Néron, il n'avait mis le feu.

De ce fauve ennemi de l'auguste pensée
Guillaume jalousait la réputation.
Lui qui n'a rien conquis que malédiction,
Il a brûlé Louvain la semaine passée.

Louvain !... Il l'a brûlé par rage et de dépit
De ce que ses soldats, se prenant pour les nôtres,
En leur affolement les uns avec les autres
Aux portes de Louvain soient entrés en conflit.

Louvain ! centre fameux d'étude et métropole
Séculaire cinq fois des travaux de l'esprit !
L'homme qui se campait en artiste érudit
Cachait sous son manteau la torche et le pétrole.

Qu'il soit sûr à présent que la postérité
Gardera sa mémoire à jamais, étant pire
Que les monstres hideux et vils de Bas-Empire
Qui du moins n'affichaient pas de mysticité !

— Et voici ce qu'il a trouvé pour toute excuse :
« Les Belges, a-t-il dit au monde horrifié,
Ne sont civilisés et polis qu'à moitié. »
...C'est moitié plus que lui, même s'il ne s'abuse.

31 août.

LA GRANDE BATAILLE

Ainsi qu'une coquille au rivage jetée
S'étonne d'être intacte, ayant été heurtée
A tant d'écueils et de récifs,
Et conserve à jamais en sa stupeur intime
Avec le souvenir des horreurs de l'abîme
L'écho des Océans plaintifs,

Ainsi ceux qui, passant à travers la mitraille
De Mons ou de Givet et du champ de bataille,
Par miracle en sont revenus
En demeurent surpris et gardent aux oreilles
Pour toujours un effroi que rediront leurs veilles,
Et des vacarmes inconnus.

Car des Marches de l'Est à l'extrême Belgique
Se soutient sans répit une lutte héroïque.
Toute la frontière est en feu,
Et si cinq jours devant les forces assaillantes
Luttent à nos côtés deux nations vaillantes,
A trois nous sommes encor peu.

Ces lâches ennemis combien peuvent-ils être
A se ruer sur nous? Deux millions peut-être (1)...
Toujours il en vient... je ne sais,
Pas plus qu'on ne saurait évaluer le nombre
Des vagues à l'assaut d'un roc. — Mais pour qu'il sombre
Elles ne sont jamais assez.

Cette bataille au champ immense que chevauche
La Haute-Alsace à droite et la Belgique à gauche
Il faudra lui donner des noms.
La baptiserons-nous Charleroi, de l'Ardenne,
Des Vosges ou de Sambre et Meuse ou de Lorraine?
Les Anglais l'appelleront Mons,

Tandis que nos amis belges dont les sorties
Harcelaient à leur flanc les forces ennemies
La pourraient désigner Anvers.
Oui, l'histoire, pour rendre au mérite, au courage
De tous également un légitime hommage,
Doit lui donner des noms divers.

On sait la fermeté légendaire, tenace
Qu'offre l'armée anglaise. Ayant à faire face
Trois jours à des troupes de choix

(1) L'*Eclair* du 1er septembre évalue à 1.300.000 hommes les forces allemandes au nord-est de la France.

Et trois nuits sans pouvoir prendre de nourriture
Ni de repos, elle a lutté dans la mesure
Et le rapport d'un contre trois.

La disproportion des pertes fut plus grande
Encor. Les Allemands laissèrent sur la lande
En morts et mourants six pour un
Des leurs, et les blessés, innombrables sans doute,
Jalonnaient les talus du long ruban de route
Qui va de Mons à Saint-Quentin.

Hanovre et Brandebourg, ces régiments d'élite,
Et les corps de la garde ainsi qu'un monolithe
Se dressaient au-devant de nous.
Force fut à la fin d'évacuer la place.
Dans la plaine de Rome aussi dut fuir Horace,
Mais Albe tomba sous ses coups.

Ce qui fut dépensé dans nos rangs d'héroïsme
Et de mâle vertu contre cet organisme
Par la discipline puissant
Qu'est l'armée allemande un jour se pourra dire.
Nous n'en citons ici qu'un trait: il doit suffire...
Un trait pris entre plus de cent :

Xavier de Castelnau, d'audace héréditaire,
Tombe mort sous les yeux du général son père,

Et lui, malgré l'affreux tourment,
Tout entier au devoir que son poste réclame,
Sa douleur refoulée au tréfonds de son âme,
Conserve son commandement.

— Pour la cinquième fois quand sur la plaine sombre
Le voile de la nuit eut étendu son ombre
On n'aurait pu compter les morts
D'aucun côté. Du moins, tandis que « nos armées
N'ont été jusqu'ici nulle part entamées (1) »,
Les autres sont à bout d'efforts.

1er septembre.

(1) Communiqué officiel du 31 août aux journaux.

LE GÉNÉRAL LEMAN

Et de deux ! Chaudfontaine aurait fait des jaloux.
Quand Leman refusa d'un mot lourd de promesse (1)
De rendre la cité, s'augmenta le courroux
Des assaillants de Liège, et sur la forteresse
De Lancin plut bientôt un déluge de coups.

Parce qu'il l'occupait s'est sur elle abattue
L'avalanche d'obus de ses plus gros mortiers.
Mais la fière cité ne s'estima battue
Qu'après qu'elle eut des siens épuisé les derniers.
Alors sa voix de bronze un court instant s'est tue.

Il n'était plus possible au fort de résister.
Le général Leman, comme avait fait Namèche,
De poudre rassembla ce qui pouvait rester,
Simplement de la mine il approcha la mèche
Et dans un formidable éclat se fit sauter.

(1) A la sommation qui lui avait été faite de se rendre, le gouverneur Leman avait répondu le 17 août : « Nous mourrons mais nous ne nous rendrons pas. »

Et son même ennemi, qui coutumier du crime
L'avait voulu vingt jours plus tôt assassiner (1),
Rendit un juste hommage à son geste sublime.
Il dut saluer bas avant de l'emmener
Le héros que la mort lui laissait pour victime.

Lancin succombe ? soit ! le siège suit son cours.
Que tombent l'un après l'autre les forts de Liège,
Que Leman soit blessé, la ville tient toujours.
Avant de la réduire, avant la fin du siège
Où l'ennemi s'obstine il passera des jours.

3 septembre.

(1) Des Allemands, revêtus de l'uniforme belge, s'étaient présentés dans les appartements du gouverneur de Liège dans l'intention de l'assassiner.

LA GUERRE ET LES SANGLIERS

La nature entière s'agite.
Le bruit et le grand mouvement
Des troupes poussent hors du gîte
Un effroyable grouillement
De sangliers, et, par centaines
Quittant repaires et forêts,
Au sortir des belges Ardennes (1)
Ils sont entrés dans nos guérets.

Pénétrant par le nord de l'Oise,
Nos hôtes et leurs grognements
Font leur visite discourtoise
A nos plus beaux départements.
Une battue est ordonnée
Et la vile bande aux abois
Sous les fusils est condamnée
A périr au fond de nos bois.

(1) *Le Réveil* d'Avranches du 4 septembre.

— Eux, des Ardennes?... je le nie.
Ils gîtent et creusent leurs trous
Communément en Germanie
Et ne viennent pas de chez nous.
Quoi! vous leur trouvez des visages
De sangliers, de marcassins?
Ces monstres ne sont pas sauvages;
Vous n'avez pas vu leurs groins.

Qu'ils aient deux pieds ou quatre pattes,
On les confondrait volontiers
A leurs manières délicates.....
Mais pas avec les sangliers.
— Il n'importe. L'espèce est rare
D'un animal grossier qui soit
Domestique ensemble et barbare
Et que d'abattre on ait le droit.

4 septembre.

LE QUATRE SEPTEMBRE

Comme en soixante-dix la France est envahie.
Une nouvelle fois la nation haïe
Qui toujours la jalouse et lui veut mal de mort
Viole sa frontière et de l'Est et du Nord.
Et ce n'est pas assez que la botte tudesque
Souille nos champs féconds; sa vile soldatesque
Les arrose de sang, s'implante en nos cités,
Y sème l'épouvante et les calamités.

Envahie !... A subir la même destinée
Que jadis verrons-nous la France condamnée?
Hé quoi ! Dieu permettrait pour notre châtiment
Que nous fût infligé semblable traitement !
L'injuste agression serait récompensée !
La force primerait le droit, et la pensée
Serait assujettie à la brutalité !
Si fautifs soyons-nous, l'avons-nous mérité?

Parce qu'un empereur d'une voix dramatique
Galvaude à tous échos sa foi pharisaïque,

Parce qu'un peuple insulte à la mère du Dieu
Qu'avec effronterie il affiche en tout lieu,
Ce berceau de Luther, ce foyer d'hérésie
Dans lequel à l'orgueil se joint l'hypocrisie,
Le Ciel l'aurait élu pour être l'instrument
Qui le devrait venger de notre égarement !

Nous sommes envahis. Mais quelle différence
Et combien nous avons de raisons d'espérance !
Nous n'avons cette année eu ni Metz ni Sedan
Et nos troupes partout font tête à l'ouragan,
Amenant, au désir d'une sage retraite,
L'ennemi sur les lieux choisis pour sa défaite.
L'armée est saine et libre et s'apprête aux efforts
Qui ne tarderont point à le bouter dehors.

Tout nous abandonnait autrefois, tout au monde.
Jeanne, alors inconnue, aujourd'hui nous seconde,
La vaillante Lorraine, aux champs de Domrémy
Comme à ceux où Clovis illustra saint Remy.
A son culte nouveau la France s'est pliée
Et compte désormais en elle une alliée,
Cependant qu'entraînés par son exemple croît
Le nombre à nos côtés des champions du droit.

La révolution aussi comme alors gronde
Mais ce n'est plus chez nous que sa rumeur profonde

S'élève. Non ; venant d'un trône impérial
Bruit un déchirement de pourpre sépulcral.
L'Autriche a-t-elle été prise d'épilepsie,
En déclarant la guerre à la douce Russie,
De se faire du coup des Slaves du pays,
Sujets impatients, de mortels ennemis?

Qui dit que jusqu'au bout l'empire d'Allemagne
Ne suivra pas demain l'Autriche sa compagne?
Se trouvant composé comme elle d'éléments
Disparates, jaloux entre eux et mécontents
D'une guerre qu'ils n'ont, diront-ils, pas voulue,
Despotisme hautain, monarchie absolue,
Ayant en peu de mois ruiné ses États,
L'Empire est mûr enfin pour tous les attentats.

4 septembre.

BATAILLE ET PRISE DE LEMBERG

De Lublin à Lemberg, aux confins polonais,
Sur un front mesurant deux cents milles anglais
En d'incessants combats la vaillante Russie
Presse depuis six jours l'Autriche en Galicie, —
Six jours de corps à corps, de lutte sans merci
Livrée en un terrain choisi par celle-ci.
Elle a réuni là ses troupes de réserve,
Ce qu'après Loznitza du moins elle en conserve,
Car peu de jours plus tôt dans les plaines de Tzer (1)
A ses armes déjà le destin fut amer.
— Ces six jours du suivant furent le préambule.
Les Russes tenant ferme aux bords de la Vistule
Attendaient qu'arrivât un renfort important,
Et le septième enfin tout à coup se jetant
Baïonnette au canon dans l'horrible mêlée

(1) La bataille de Chabatz qui s'étendait aussi sur un vaste front paraît maintenant devoir plutôt porter les noms de Loznitza ou de Tzer,

Ils forcent l'adversaire. A l'instant bousculée
L'armée autrichienne a cessé d'exister.
Elle ne tente plus même de résister;
Elle fuit, et devant la furia qu'excite
Encore sa terreur dans l'âme moscovite
Elle laisse en leurs mains traînards, retranchements,
Défenses, bastions, chevaux, équipements,
Convois d'artillerie, armes de toutes sortes.
Sur ses pas de Lemberg ils franchissent les portes.
Les cadavres des leurs s'entassent par monceaux
Aux rives du Dniester incertain si ses eaux
Suffiront à laver tant de sang. Trente mille
Prisonniers sont déjà faits en entrant en ville,
Et ce n'est pas fini. Le galop des chevaux
De l'Ukraine et du Don sans trêve ni repos
Pousse encore l'avantage, entame la poursuite
Et harcèle la horde autrichienne en fuite.
Chavirant dans la nuit le jour à son déclin
Refuse d'éclairer la grandeur du butin :
Il tend un voile épais ; mais les armes sans nombre
Que rendent les vaincus sonnent le glas dans l'ombre,
Et dans la monarchie austro-hongroise en deuil
On entend comme un bruit de clous sur un cercueil.
La défaite s'étant convertie en débâcle,
A la prise de Vienne on ne voit plus d'obstacle.
Lemberg était le nœud des routes du Dniester :
Par elle le vainqueur entre à vif dans la chair,
Vise au cœur et, marchant droit sur la capitale,

S'apprête à lui porter la blessure fatale,
Cependant que l'empire à l'autre extrémité
Par la nation serbe est aussi culbuté.

5 septembre.

LE GRAIN DE SABLE

Force est de reconnaître au tempérament faux
Du stupide Allemand, cet héritier des Goths,
Une vertu native : il a dans la conduite
De ses desseins un long et rare esprit de suite,
Et si lointaine encore et douteuse qu'en soit
L'échéance, il suppute, examine, prévoit
De l'entreprise aussi bien les profits, la chance
Que le risque couru : tout est mis en balance.
L'affaire décidée, il avise au moyen,
Vil trafiquant qu'il est, de la mener à bien,
Et dame ! entrent en jeu les procédés de race :
Dol et duplicité, mensonge et ruse basse ;
La violence même éclate en fougueux bonds ;
A cet inconscient tous les moyens sont bons,
La menace hautaine et la diplomatie...
— Mais il pèche parfois par trop de minutie.

L'Allemagne s'était avec le plus grand soin
Préparée à la guerre actuelle de loin.
Que son militarisme avec persévérance

Poussât de longue main sa visée à outrance,
Qu'elle bravât le monde, entreprît de lutter
A qui pourrait le plus longuement supporter
La charge ruineuse, écrasante, insensée
D'armements excessifs et qu'elle eût la pensée
Que son caporalisme en maître souverain
Sur l'Europe ferait peser un joug d'airain,
C'est la conception folle, mais excusable
D'un orgueil à la fois superbe et haïssable.
Ce qui n'est pas permis, ce sont les procédés
Mis délibérément en œuvre, décidés
Par la mauvaise foi, dont une coterie
De malandrins n'aurait pas eu l'effronterie.
— Intimidations, menaces, guet-apens,
Pièges et traquenards, artifices rampants,
Espions répandus sur tout le territoire
Des pays avec qui son plan comminatoire
Est d'entrer en conflit, le vol prémédité
Par cette Deutsche Bank dont la déloyauté
A fermé ses guichets de bon dépositaire
Au nez de l'étranger trois jours avant la guerre,
Et, tel celui du loup à l'agneau, le grief
A nous injustement fait qu'un aéronef
Eût jusqu'à Nuremberg étendu ses tournées
Ne sont point de ses plus souterraines menées.
Mais nier jusqu'au bout l'immense mouvement
De troupes, entrepris mystérieusement;
S'appliquer à chercher un prétexte à l'Autriche,

Vassale intimidée et fidèle caniche,
Pour lui faire allumer le tison, cependant
Qu'elle jure que c'est à son corps défendant
Qu'il lui faudrait armer ; pour prendre de l'avance
Endormir des pays voisins la vigilance ;
Traduire enfin le mot Mobilisation
Par un doux euphémisme (1) avec l'intention
De fondre brusquement de toute son armée
Sur une nation se trouvant désarmée :
C'est pire, à mon avis, et d'un ordre plus bas.
De lâches c'est le fait, et non pas de soldats.
— Troubler du sol anglais la paix intérieure
Et fomenter la grève en Russie à son heure,
C'était dans le programme, et l'on n'y manqua point.
D'ailleurs il fut en tout suivi de point en point,
Y compris, pour parfait complément d'harmonie,
Un essai de révolte en notre colonie
Voisine. L'on choisit l'époque où voyageait
Dans les fjords de Norvège et suivant son projet
Devait pendant un mois demeurer hors de France
Notre gouvernement. Une telle occurrence,
Pareille occasion valait mieux qu'Agadir
Ou l'affaire Schnœblé. Vite de la saisir.
L'ambassadeur (pour eux c'est de la politique)

(1) A la demande d'explications du Gouvernement français, l'Allemagne répondit qu'elle ne mobilisait pas, qu'elle était seulement en « état de menace de guerre ».

Par ordre dut mentir au corps diplomatique.
Il restait à son poste à Paris affirmant
La pure intention de l'Empire allemand,
Qu'outre notre frontière au même instant les pleutres
Violaient sans pudeur des territoires neutres
Et que de corps d'armée amenés en secret
L'Allemagne depuis huit jours les enserrait,
Pour des coups imprévus se mettant à portée.

La machine de guerre était donc bien montée,
Un chef-d'œuvre du genre aux sanglants aperçus,
Et tout allait marcher selon les plans conçus
Minutieusement. Il n'est pas de rouage
Qui n'eût été graissé.
...Pourquoi dans l'engrenage
Un grain de sable auquel on n'avait point pensé,
Soulevé par les vents belges, s'est-il glissé ?

6 septembre.

CONTRETEMPS

Eh bien ! Guillaume, eh bien ! ce dîner refroidit.
C'était pour le quinze août, d'abord avais-tu dit,
Que les caves devaient être dévalisées
Et ta table fleurie en pleins Champs-Elysées.

Von Hœsler, c'est l'excuse, avait contremandé
La date en te voyant à plaisir attardé
Pour quelques jours aux bords enchanteurs de la Sambre,
Et l'on avait remis la fête au huit septembre.

Par contre l'imprudent général s'entendit
Avec le maître-queue et cette fois promit
Pour le cas échéant de remise nouvelle
D'ajouter au menu les frais d'une cervelle.

La saison s'y prêtant, de complaisants détours
Sans doute leur auront demandé de longs jours ;
Mais deux fois en voyage un empereur frivole
A son restaurateur a manqué de parole.

Le couvert, il est vrai, n'est pas encore mis,
Car le vieux général a trompé ses amis ;
Et pour répondre au vœu de l'empereur son hôte,
L'état-Major attend qu'une cervelle saute.

12 septembre.

RÉFORMES ET EMBUSQUÉS

Un récent arrêté de la Guerre prescrit
Une révison nouvelle — et rigoureuse,
J'espère, celle-là! — de la tourbe nombreuse
D'exemptés de tout poil et de tout acabit.
— Que dans le temps de paix des gars taillés en force,
Qui, Nemrods s'écoutant raconter leurs exploits,
Se piquent d'endurance et sont tireurs adroits,
Aient trouvé le moyen de donner une entorse
A la loi militaire, eux qu'il n'est pas de sport
Que la chasse fermée ils ne goûtent en ville,
Qui mènent la nuit même une vie inutile
Et plastronnent au bal quand le travailleur dort...
Que ce beau monde ait pu couper à la caserne,
Retenons en l'aveu. Mais, en ce qui le concerne,
Qu'il se hâte s'il veut se réhabiliter,
Et devant l'ennemi cesse de déserter!

O vous qui n'aspiriez alors qu'à vous produire,
Fats, viveurs et clients de la table de jeu,
Au cours de vos plaisirs vous vous souciiez peu

De la guerre. A présent combien à vous instruire
S'écoulera de temps ! Vous eussiez dû songer
Que vos bras désarmés laissaient notre frontière
A la merci d'un coup de main de l'adversaire,
Quand vous la deviez mettre à l'abri du danger.
Inutile remords ! Vous allez voir vos frères
Des mois entiers se battre et répandre sans vous
Le meilleur sang de France. Ah ! montrez-vous jaloux
De ce retard au moins. Que de saintes colères
Vous animent ! Près d'eux accourez vous ranger.
... Aussi bien en est-il qui pensaient s'engager
Avant que n'eût paru l'appel. A la bonne heure,
Tout le monde au drapeau lorsque la France pleure !

Les autres... on devrait les mettre au premier rang
Sur la ligne de feu. Serait-ce pour la race
Un dommage si grand quand se perdrait la trace
De leur santé malingre et de leur pauvre sang ?
Maudite soit la loi ! Pour que se perpétue
Leur souche d'avortons, dés athlètes français,
Réserve d'avenir, de rejetons bien faits
Pépinière assurée, active et continue,
Vont s'offrir à la mort ! La sève ainsi tarit
De virilité franche et de mâle noblesse.
Car, faute de poussée interne qui redresse
Le corps, l'âme aussi meurt si le corps dépérit,
Et déjà j'entrevois le sol de la patrie,
Saignant et rougissant de la poltronnerie

Des tarés, refuser à leurs fils le trop-plein
De ce sang généreux qui suinte de son sein.

Bravo pour l'arrêté ! Mais il faut plus complète
Cette révison et que soient démasqués
Tous ces rats de bureaux, ce monde d'embusqués
Qui, tout en s'assurant une douce retraite
Dans quelque sinécure, étalant des galons,
Portant beau, du public cambriolant l'estime,
Cachent sous l'uniforme un cœur pusillanime.
Serviteurs à rebours, patriotes félons
Ces louches ronds-de-cuir, encombrant des services
Où tiendraient mieux leur place avec les déprimés
Les manchots, les perclus à bon droit réformés,
Invalides divers en rupture d'hospices !
S'avouer incapable en face du péril
De porter le fardeau du sac et du fusil
Ne serait pas français. Vite qu'on enregistre,
Pour parfaire son œuvre, un décret du Ministre !

15 septembre.

LA VICTOIRE DE LA MARNE

Joffre s'est révélé chef d'armée admirable.
Avoir mis à profit l'échec indéniable
Dans les plaines du Nord par nos troupes subi,
Mais qu'a pu compenser du géant ennemi
Le grand nombre de morts, pour fuir en apparence
Par delà les confins de Belgique et de France
Et presque reculer aux portes de Paris, —
Stratège imperturbable encore qu'incompris,
Être demeuré sourd aux reproches, au blâme
Et n'avoir pris conseil que de sa force d'âme, —
Sûr de lui, de son heure, avoir patienté
De si longs jours pour mieux mettre en difficulté
Et semer l'adversaire à plus longue distance, —
Le ramener, suivant un plan tracé d'avance,
Sur la ligne de Meaux à Verdun par Châlons
En un terrain de choix, au creux de ces vallons
Qui tous les ans servaient lors des grandes manœuvres
De champ d'expérience et d'utiles épreuves, —
Enfin n'abandonner aucun rôle au hasard,
C'est de la guerre avoir la prescience et l'art.

Ainsi Napoléon du fond des Tuileries
Assignait Iéna, Wagram à ses fûries.
Et que sont les Dix mille hommes que ramenait
En Grèce Xénophon dans un ordre parfait
Auprès du million de soldats en retraite
Que sur les bords élus de Marne Joffre arrête ?

Dès lors tout est changé. Les Kluck, les Bülow
Repassent à la hâte et l'Aisne et les cours d'eau.
Le Kronprinz se replie et Wurtemberg hésite,
Pivot d'un éventail que refermerait vite
Une poigne de fer avant de le briser.
Au fond de l'entonnoir tous iront s'écraser.
Et les hordes d'Amiens, les troupes de Belgique
S'y ruant à la fois dans leur terreur panique
Se devront abîmer au couloir de Stenay
Dans celles remontant du Sud, — ou la forêt
Les emprisonnera toutes si par l'Ardenne
Elles tentent de fuir, puisque de la Lorraine
Et de Metz le chemin est désormais coupé
Et que par nous Troyon est toujours occupé (1).

Nos armes retiendront la victoire captive.
La nouvelle qu'en France on reprend l'offensive

(1) Le fort de Troyon près Verdun est la principale défense des Hauts de Meuse. Les Allemands l'ont vivement attaqué

Répandue en Russie anime nos amis,
Déprime l'Allemagne et dégage Paris.
Quel que soit le profit d'ailleurs de la bataille,
Elle est en étendue et profit à la taille
De Mons et de Chabatz et chez nous correspond
A Lemberg. Sur deux cents kilomètres de front
Durant sept jours entiers dans la Brie, en Champagne
Nous avons pied à pied repoussé l'Allemagne.
La puissance aussi bien des nouveaux armements,
La valeur et le grand nombre des combattants,
Tout est terrible hélas ! dans la guerre moderne,
Qui, fauchant des héros, met en deuil et consterne
La patrie, et jamais l'espace ni le temps
Ne tiennent la fureur de ses coups en suspens.
Faute de ville en qui la bataille s'incarne
On doit la baptiser victoire de la Marne.

16 septembre.

au lendemain de la bataille de la Marne pour s'ouvrir une sortie sur Metz, mais au bout de quelques jours ils ont dû renoncer à le réduire et ont continué leur retraite vers le Nord.

ÉMILE DESPREZ

Le hameau vient d'être assailli.
Une femme dans la masure
Sert un capitaine ennemi.
Et lui l'insulte sans mesure.

Un sergent français dans un coin
Gît oublié, dont la blessure
Pendant ce temps reste sans soin,
Mais dont la main est saine et sûre.

L'outrageant propos du goujat
L'offusque à la longue et l'obsède.
De son revolver il l'abat.
— Dès lors son cas est sans remède.

Comme on mène au mur le sergent
Que brûle et dévore la fièvre,
Se rencontre chemin faisant
Un enfant délicat et mièvre.

« A boire ! » lui dit le Français.
Le gamin court à la fontaine...
On l'y surprend, et sans procès
La patrouille après soi le traîne.

L'homme et l'enfant sont arrivés.
Les fusils déjà mis en joue
Sur un ordre sont relevés,
Et le drame à nouveau se noue.

« Du salut s'offre à toi l'outil,
Dit au garçon le capitaine,
Si la balle de ce fusil
Frappe l'homme de mort certaine. »

Et voici que le malheureux,
Se saisissant de l'arme, épaule.
Il va tirer, moment affreux...
Non, l'enfant ne jouait qu'un rôle.

Il fait volte-face soudain.
Le coup part, justice sublime !
Et le capitaine inhumain
S'effondre aux pieds de sa victime.

Le jeune héros est lardé
A coups de baïonnette ensuite.

— Ce fut le martyre accordé
A sa belle et noble conduite.

Vous, Français, vous vous souviendrez,
Ainsi que du tambour d'Arcole,
Du grand nom d'Émile Desprez.
Que nimbe une juste auréole (1).

18 septembre.

(1) La scène s'est passée à Lourches, village voisin des mines de Douchy (Nord), et Desprez avait 14 ans. (*Le Matin* du 16 septembre, *L'Eclair* du 17, etc.)

LETTRE D'UNE INFIMIÈRE FRANÇAISE A UNE ALLEMANDE

« Madame, votre fils est à Paris, blessé.
Je l'ai dans mon service.
L'ambulance française un soir l'a ramassé.
C'est de mon bon office
Que dépendent ses jours... J'avais un fils aussi
Tombé comme le vôtre ;
Mais vos ambulanciers ne prennent point souci
D'un blessé s'il est nôtre.
Parmi les morts, comptant sur vous, on l'a laissé
Sur le champ de bataille.
Puis altérés de sang les vautours ont passé,
Et ce que la mitraille
N'avait pas osé faire un lâche s'est trouvé
— C'est votre enfant peut-être —
Pour l'accomplir, enfin vous l'avez achevé,
Ainsi qu'eût fait un reître...
— La justice immanente a mis entre mes mains
Le soin de sa vengeance
Et la vie ou la mort d'un homme. Il est des Saints,

Dit-on, pleins d'indulgence.....
Je ne suis qu'une mère. Apprenez qu'aujourd'hui
Sous un coup de lancette
L'âme de votre enfant de son corps aura fui,
M'ayant payé sa dette.

Post scriptum. — Maintenant votre enfant est sauvé.
Du moins une seconde
De la perte d'un fils aurez-vous éprouvé
L'amertume profonde.
C'est le moins qu'en votre âme un émoi controuvé
A ma douleur réponde. »

Episode tiré de l'*Écho de Paris*, billet de Junius le 17 septembre.

ENVOI

J'en demande pardon à l'*Écho de Paris*,
Il n'est pas une mère
En France dont la peine en de pareils écrits
S'exhale et persévère.

Qu'un moment la douleur atroce ait conseillé
Cette scélératesse,

Peut-être ! mais jamais femme m'eût envoyé
La lettre à son adresse.

La page est dramatique et d'émouvant effet ;
Mais la littérature
Seule en a fait les frais. Junius, ton billet
Heurte notre nature.

20 septembre.

EMBLÈMES ET SYMBOLES

Voici les temps venus, après les rêveries,
Où s'éclairent d'un jour brutal les armoiries.
Les blasons ne sont plus des mythes, de vains mots,
Et la griffe est terrible au pied des animaux :
Témoin l'éveil soudain du lion héraldique
De la paisible, neutre et petite Belgique.
« L'Union fait la Force », elle va le prouver ;
Avec les alliés elle ose tout braver.

Tandis que nous gagnons des batailles en France,
De son pas balancé lourdement l'ours avance
Au-devant du vieux coq gaulois, et c'est en vain
Que deux dogues voudraient leur barrer le chemin.
L'un du représentant de la gent volatile
Se figurait d'abord la capture facile,
L'autre des lionceaux serbe et monténégrin
Se débarrasserait en les mordant au rein,
Pour ensemble affronter plus tard l'ours de Russie.
— Sage combinaison... qu'ils n'ont pas réussie.
Pour se saisir du coq et des jeunes lions

Il leur aurait fallu d'autres dentitions
Avec plus de ressort dans le jarret. Des signes
Apparaissent déjà de fatigues malignes.
Le molosse de Vienne, éclopé, l'œil vitreux,
Fuit la langue pendante et le flanc douloureux.
Le bull-dog de Berlin hargneusement aboie,
Tâtonne, court de droite à gauche, hésite, envoie
Coups de boutoir ici, coups de gueule là-bas ;
Mais, quoi qu'il fasse, il est manifestement las,
Dans son effroi d'avoir bientôt pour adversaires
L'ours moscovite et ceux des régions polaires.
Pour comble de malheur voici le léopard
Anglais qui du combat revendique sa part.
Du bond dont il franchit la mer, sa patte est sûre
De punir des mâtins l'impuissante morsure,
Cependant que, planant au champ perdu des airs,
Des cimes du Caucase ou des sommets déserts
Arides et neigeux de l'Oural l'aigle russe
Fond sur l'aiglon d'Autriche et sur l'aiglon de Prusse.
Que forcés dans leur aire ils se veuillent muer
En chiens marins, alors ils verront se ruer
La baleine au-devant de leur gueule vorace
Et de leurs crocs rester stérile la menace.

L'aube de grands jours point à l'horizon mouvant
Des îles du Nippon dans leur Soleil Levant.
Son blanc sillage éveille un Empire farouche
Et sur lequel jamais le soleil ne se couche.

De bout en bout tressaille et s'arme l'univers.
On perçoit unissant leurs sauvages concerts,
De l'Inde au Canada, la jungle britannique
Et les rugissements de nos déserts d'Afrique.
Quant au Croissant du Turc, à l'heure où poursuivant
Sa carrière apparaît l'or du Soleil Levant,
Il s'enfonce en Mer Noire et dans l'ombre y maquille
Des croiseurs allemands la couarde flotille.

Ainsi symbole, emblème, armoirie et blason
Sont signes dont on voit à présent la raison.
Combien à la lueur des batailles sanglantes
Apparaît clair le sens de ces armes parlantes !

22 septembre.

LA CATHÉDRALE DE REIMS

Vous vous en souvenez, voici ce que clamait,
En prenant l'air pieux, au peuple stupéfait
Moins de deux mois passés l'empereur d'Allemagne :
« Dans ses temples priez Dieu pour qu'il accompagne
Mes armes à la guerre, ô mon peuple, priez (1) ! »
Et plus tard, aux premiers succès des alliés,
Dans un jargon plus faux encore que lyrique
N'a-t-il pas invoqué « son vieux dieu » germanique ?
— Quel est-il donc ce dieu dont sans nécessité
Il brûle la maison avec tranquillité ?
Pas le nôtre à coup sûr, mais un dieu de colère,
Ennemi du bon Dieu, méchant, incendiaire.
Et quelle est la maison qu'il brûle ? Il a fait choix
D'un sanctuaire d'art et d'histoire à la fois,
Où les âges avaient entassé les sculptures

(1) Le 31 juillet, à Berlin, Guillaume se montrait aux fenêtres du palais impérial et terminait ainsi sa harangue au peuple : « Allez à l'église, agenouillez-vous devant Dieu et priez-le de soutenir notre brave armée. »

Sous l'élan merveilleux de leurs architectures...
Le crime est consommé. Des tours dont les bourdons
Éveillaient la cité retombent des brandons.
Rien ne subsiste plus. Les superbes rosaces,
Les gargouilles avec leurs étranges grimaces,
Les porches dentelés, les antiques vitraux
Encadrés de l'ogive aux arcs médiévaux,
Les voussures de pierre et les hautes colonnes,
Les fûts, la statuaire et les saintes madones,
Du portail à l'abside aux puissants contreforts,
Se mêlant aux tombeaux, font comme un champ de morts.
Quand au feu des obus les bois de la charpente
Se furent effondrés, c'est sous l'action lente
Des flammes que la châsse et l'antique ostensoir,
Le trône où Charles dix le dernier vint s'asseoir,
La chaire incomparable et les stalles gothiques,
Les chefs-d'œuvre de maître et les tableaux mystiques
Avaient comme à regret disparu du passé,
Trésor par la vertu des siècles amassé.

Mais si belle que fut la pieuse relique,
Le joyau de haut goût qu'était la basilique,
La perte la plus grande est pour le souvenir
Des « gesta per Francos », gages de l'avenir,
Qu'elle portait en soi : le solennel baptême
De Clovis, Tolbiac, l'ampoule et le Saint-Chrême
D'âge en âge gardés pour le sacre des rois,

Enfin l'entrée à Reims, les nobles palefrois,
Charles victorieux conduit à la chapelle
Du tombeau de Rémy par Jeanne la pucelle.
Cette tombe du moins dans le caveau profond
Demeure inviolée, et remonte du fond,
Comme un écho de voix aux transparences d'ambre,
L'apostrophe autrefois adressée au Sicambre.
Mais Guillaume ne craint pas de se parjurer :
Il brûle ici le Dieu qu'il disait adorer.
Maline après Louvain, et Reims après Maline :
La science là-bas et l'art et la doctrine ;
En plus de l'art ici l'édifice sacré
De l'univers entier jusqu'ici vénéré.
L'incendie est partout. Pour cette œuvre néfaste
Il a fallu ce monstre, horrible iconoclaste.
Les hauts faits de Néron, les lauriers d'Alaric
Portant dans la cité romaine l'un le pic,
L'autre la torche, avaient rendu jaloux Guillaume.
Mais eux ne récitaient ni prière ni psaume.
Furieux de se voir devant Reims arrêté
Il oublie à l'instant sa feinte piété,
Et n'ayant point raison de nous, perdant courage,
C'est sur les monuments qu'il tourne alors sa rage.

Lorsque l'on en vient là, c'est qu'on est aux abois.
D'avoir visé le Christ et renversé la Croix
Il faudra rendre compte. Ah ! quel amer déboire

N'éprouvera-t-il pas d'une telle victoire !
Tout un monde de saints, apôtres ou martyrs,
Contre qui son armée a dirigé ses tirs,
Vont se confédérer, répondre à son attaque,
Et déjà l'on entend comme un trône qui craque,
Car il n'a pas pris garde en armant ses soldats
Que le Dieu qu'il assaille est le Dieu des combats.
Tout lui sera compté, les cent vingt-deux statues (1)
Qu'abritaient sur sept rangs leurs niches abattues,
Les anges, les démons, les bêtes, les mortels
Peuplant les chapiteaux, les galbes, les autels,
Les images de Saints par le pinceau rendues,
Les voûtes à leurs clefs hardiment suspendues,
Les piliers merveilleux qui dans un bel envoi
S'élançaient en hauteur comme un acte de foi,
Au coucher du soleil la lumière irisée
Qui des verrières tombe en lueur tamisée,
La façade, les tours, le grand calice d'or
— Ce vase de Soissons, la perle du Trésor, —
Le chœur éblouissant de tant de boiseries
Et les orgues tonnant du haut des galeries.
— Nous, témoins affligés de la destruction,
Allons-nous imposer la loi du talion ?
Non, nous laissons à Dieu le soin des représailles,

(1) Un extrait paru dans la *Liberté* du 22 septembre de l'ouvrage de M. A. Broquelet « Nos Cathédrales » a permis de préciser ici le nombre des statues de la basilique.

Puisqu'il est l'offensé. Nous irons aux batailles,
De ses Saints mutilés ayant le réconfort,
Et ses anges vengeurs soutiendront notre effort.

Reims ne vibrera plus du carillon des cloches,
Soit ! mais retentiront loin les châtiments proches.
Toujours le dernier mot demeure à l'Infini
Et le crime ici-bas est justement puni.
Devions-nous espérer de l'Attila moderne,
Du Kaiser orgueilleux et fou qui se décerne
Le titre de Vandale et des Huns se dit roi,
Qu'en passant en Champagne il n'y portât l'effroi ?
L'ancêtre saccageait la Gaule avec rudesse.
Encore épargnait-il la cité de Lutèce
Parce qu'une bergère en défendait l'accès
Par sa seule vertu. Mais il n'est point d'excès
Auxquels le petit-fils héritier ne se livre
Ni d'attentats envers le Ciel qui ne l'enivre.
L'herbe ne croissait plus où passait le cheval
De l'ancien fléau de Dieu : le végétal
Renaîtra malgré tout sur les champs de carnage
Et le peuple oublîra le feu mis au village ;
Mais l'incendie affreux de Reims être oublié,
Non pas ! Ici le monde entier est spolié.
L'Allemagne à ses yeux s'inflige une défaite
Plus grande que le sort des armes ne l'eût faite.
Dans sa fureur aveugle art, lois d'humanité,
Civilisation, foi, rien n'est respecté.

Cela caractérise un empereur, un règne,
Toute une nation rageuse et nous enseigne
Que tout en défendant de l'assaillant maudit
Un territoire cher, un domaine interdit,
Nous nous trouvons lutter autour des cathédrales
Contre la barbarie et de nouveaux Vandales.

24 septembre.

LEURS AMBULANCIERS

Pour cette exception d'un major allemand
Qui, dit-on, refusa sa liberté disant
Qu'il ne retournerait pas en son pays tant
Que Guillaume serait empereur d'Allemagne, —
La lettre d'un blessé teuton à sa compagne
Et d'autres prisonniers le carnet de campagne
Nous prouvent que soldat, médecin, brancardier,
Tous se valent.

— D'abord c'est un sous-officier
Par ses propres moyens échappé du charnier.
Il avait rallié tout seul son ambulance.
Or les Français à peine avaient repris l'avance
Qu'aussitôt les majors brillaient par leur absence.
— « Ah! les lâches! dit-il, ils ont fui les premiers, »
Eux qu'il est interdit de faire prisonniers
Et qu'à l'égal d'amis nous traitons volontiers!

— D'autres disent comment sur le champ de bataille
On les a ramassés. « Quand cessa la mitraille,

« Nos brancardiers, que meut l'espoir d'une trouvaille,
« Des malheureux blessés en traîtres s'approchant,
« S'informèrent d'abord s'ils avaient de l'argent.
« Il en fallait avoir, car le pauvre indigent,
« Pour un plus opulent oublié volontaire,
« Était, après qu'en eut été fait l'inventaire,
« Impitoyablement laissé mourant à terre.
« Il faut rendre justice, ajoutent les soldats,
« A ces oiseaux de proie : ils n'abandonnaient pas
« Les Français s'ils donnaient de meilleurs résultats. —
« Que nos ambulanciers sont donc de belles âmes !
« Rapine, vol, voilà les baumes, les dictames
« Que versent aux blessés leurs procédés infâmes (1). »

27 septembre.

(1) Les trois faits cités dans cette pièce ont été relatés dans l'*Eclair*, le *Figaro* et le *Matin* des 24, 25 et 26 septembre.

LA BATAILLE DE L'AISNE

Nous l'avons dit, devant le développement
Du front de la bataille il faut absolument
Pour la bien situer, faire appel aux rivières,
Aux fleuves, eussent-ils même dans leurs carrières
Moins d'étendue encor que la lutte n'en a.
Si de la Moskowa, de la Bérésina
Le nom fut adopté par la suite des âges,
Du moins il s'agissait d'en forcer les passages,
Tandis qu'ici la Marne et la Meuse au long cours
A l'historiographe ont prêté leurs concours,
Empêché qu'il est, quand, chevauchant les frontières,
La bataille envahit des provinces entières.
Entre la Somme et Toul c'est de l'Aisne aujourd'hui
Que le nom désormais victorieux a lui,

L'Allemand orgueilleux, grand remueur de terre,
Sous son labeur de taupe et dans ses trous se terre.
Que ses goûts sont changés depuis que dans Paris
Il devait d'un pas fier promener son mépris !
A la manière dont l'ennemi se protège

La lutte maintenant tourne aux combats de siège;
Mais, si long que ce soit, on le déterrera.
Venu chez nous au son du fifre, il s'en ira
Sans tambour ni trompette, et déjà la victoire
Sourit aux défenseurs vaillants du territoire.
La retraite du Nord, Altkirch, Guise, Vouziers,
Sézanne, Champaubert, d'autres sont des lauriers
A vous rendre jaloux tous, Alost, Namur, Liège,
Anvers que vainement l'envahisseur assiège
Depuis près de deux mois, Chabatz, Héligoland,
Gumbinnen et Lemberg. Que le succès soit lent,
Il n'en est pas moins sûr. Nous avons confiance
En des manœuvriers qui par leur clairvoyance
Ont amené sur leur terrain et compromis,
Lorsque tout paraissait perdu, les ennemis.
Chaque jour notre armée en exhume et déloge
Des milliers, les aborde et les prend dans leur bauge.
C'est chaque jour aussi sur quelque point nouveau
Une moisson de gros canons ou d'un drapeau.

Mais que de sang français en coûte la conquête
Quand généreusement on fait tête à la bête!
Aussi le coup de grâce, après ces dix-sept jours
De combats qu'on croirait durer depuis toujours
Bien que nous n'ayons pris qu'une légère avance,
Sera bientôt donné par ceux dont la science,
Le courage, l'effort, la peine, le travail
Imposent de leurs plans l'ensemble et le détail,

Et toujours en éveil, incessamment à l'œuvre,
De l'enveloppement préparent la manœuvre.
De tout temps les grands chefs ont fait les soldats fiers.
Comme aux habiles mains des grands joueurs experts
Des pions d'échiquier obéissent et gagnent,
Conscients que de longs calculs les accompagnent
Nos hommes vont au feu splendides de maintien
Et devant l'ennemi semblent ne craindre rien.

A l'autre extrémité du champ de guerre immense
Les Serbes ne font pas une moindre dépense
De courage tenace. En ce même moment
Ils achèvent là-bas le plus haut monument
Que l'histoire du monde ait jamais vu construire
A la gloire d'un peuple, et sans le reproduire
Des âges passeront. N'ayant point de repos
Voici vingt jours et plus qu'ils repoussent le gros
Des forces de l'Autriche, et la lutte, incertaine
Encore, leur promet la victoire prochaine.
Or le front de bandière est si vaste qu'on a
Dû recourir au fleuve et baptiser Drina
Cette bataille, sœur et jumelle de l'Aisne.
Ici comme là-bas l'ennemi hors d'haleine
Cède et chancelle. Allons ! un dernier coup partout,
Sur l'Aisne et la Drina, pour en venir à bout !

29 septembre.

LA SAINT-MICHEL

I. — DISTRACTION

Pour qu'il nous accordât bientôt
Le salut et la délivrance
De notre cher pays de France,
J'étais dans l'église tantôt

A prier ainsi qu'un dévot
Michel l'archange... en apparence.
Il m'allait donner l'assurance
De chasser l'infernal suppôt.

Mais combien il est difficile
A notre attention fragile
Avec les Saints de converser !

La lampe d'or du sanctuaire
Que je m'obstinais à fixer
Me distrayait de la prière.

II. — LA LAMPE DU SANCTUAIRE

Tandis que de soleil
Tout au dehors s'embrase,
L'ombre s'étend, s'évase
Sous la nef en sommeil.

Tout dort. Seule en éveil,
Au-dessus de l'extase
Vacille la topaze
De la lampe en vermeil.

Cette lueur mobile
Est-ce d'un cœur débile
L'image, ou l'œil de Dieu

Versant au fond de l'âme
Venue en ce saint lieu
Son onctueuse flamme ?...

III. — PRIÈRE

Michel, archange glorieux,
Du démon écrasant la tête
Dans la guerre qui leur est faite
Rends les Français victorieux.

Armé du glaive valeureux
Étends sur eux ton aile, prête
Assistance au bon droit, rejette
En enfer l'ennemi nombreux.

Suivi de tes saintes phalanges,
Confonds les nouveaux mauvais anges,
Refoule au loin les orgueilleux

Et combats pour la fille aînée
De l'Église, prédestinée
A combler leurs vides aux cieux.

29 septembre.

TABLE

TABLE

DIJON, IMP. DARANTIERE

www.ingramcontent.com/pod-product-compliance
Ingram Content Group UK Ltd.
Pitfield, Milton Keynes, MK11 3LW, UK
UKHW020337230726
13925UKWH00003B/844